文學教室

作家是怎樣煉成的

黎海華　著

文學教室

作家是怎樣煉成的

黎海華　著

目錄

陶造（代序）…………………………………………………… 8

一　序詩　給起始揮筆的少年 ………………………… 14
　　開場──給探尋花徑的做夢少年 ………………… 15

二　序詩　給穿越心靈洞穴的少年 …………………… 22
　　旅夢──給尋找洞穴的孤僻少年 ………………… 23

三　序詩　給追風的少年 ……………………………… 30
　　掘寶──給追風的敏感少年 ……………………… 31

四　序詩　給叩訪智慧的少年 ………………………… 42
　　寓言──給叩訪智慧的沉思少年 ………………… 43

五　序詩　給遨遊遠方的少年 ………………………… 54
　　浪跡──給神馳遠方的文藝少年 ………………… 55

六　序詩　給凝視長街的少年 ………………………… 66
　　記憶──給凝視長街的深情少 …………………… 67

七　序詩　給守候雨雲的少年 ………………………… 78
　　意念──給守候雨雲花季的創意少年 …………… 79

八　序詩　給跨越視界的少年 ………………………… 90
　　跨越──給開闊視野的先鋒少年 ………………… 91

九　序詩　給走訪街頭的少年 ………………………… 102
　　雕鑿──給走訪街頭的悲憫少年 ………………… 103

十　序詩　給攀爬靈魂城堡的少年 …………………… 114
　　孤寂──給邁向靈魂城堡的堅韌少年 …………… 115

　　　　序詩　　給尋覓創作信念的少年 ………………… 126
十一　結局——給尋覓沙漠玫瑰的壯志少年 ………… 127

　　　　序詩　　給愛倫坡少年粉絲 ………………… 138
十二　心牢——給俯視黑暗國度的偏執少年 ………… 139

　　　　序詩　　給穿梭經典的少年 ………………… 154
十三　送字——給穿梭經典的善感少年 ……………… 155

　　　　序詩　　給相濡以沫的少年 ………………… 162
十四　交會——給相濡以沫的少年文友 ……………… 153

　　　　序詩　　給情竇初開的少女 ………………… 178
十五　情長——給探索感情世界的故少女 …………… 179

　　　　序詩　　給孤軍闖蕩的少女 ………………… 190
十六　創作之鑰——給孤軍闖蕩的勇敢少女 ………… 191

　　　　序詩　　給人生破碎的少年 ………………… 202
十七　救贖之鑰——給人生破碎的悲傷少年 ………… 203

　　　　序詩　　給愛幻想的女孩 …………………… 210
十八　愛情之鑰——給愛幻想的做夢女孩 …………… 211

　　　　序詩　　給熱愛陶藝和現代詩的女子 ……… 222
十九　意象之鑰——給創造寫意空間的溫婉女子 …… 223

　　　　序詩　　給受死亡驚嚇的女孩 ……………… 230
二十　智慧之鑰——給受死亡驚嚇的少女 …………… 231

　　　　序詩　　給頑皮小子 ………………………… 242
廿一　童真之鑰——給闖險犯難的頑皮小子 ………… 243

　　　　序詩　　給陽光小子 ………………………… 250
廿二　寶藏之鑰——給踏險破陣的陽光小子 ………… 251

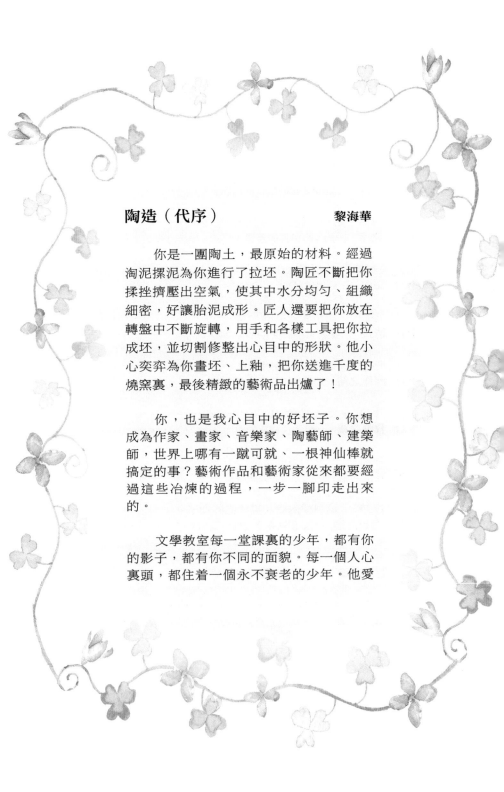

陶造（代序）　　　　　　黎海華

　　你是一團陶土，最原始的材料。經過淘泥擺泥為你進行了拉坯。陶匠不斷把你揉挫擠壓出空氣，使其中水分均勻、組織細密，好讓胎泥成形。匠人還要把你放在轉盤中不斷旋轉，用手和各樣工具把你拉成坯，並切割修整出心目中的形狀。他小心奕奕為你畫坯、上釉，把你送進千度的燒窯裏，最後精緻的藝術品出爐了！

　　你，也是我心目中的好坯子。你想成為作家、畫家、音樂家、陶藝師、建築師，世界上哪有一蹴可就、一根神仙棒就搞定的事？藝術作品和藝術家從來都要經過這些冶煉的過程，一步一腳印走出來的。

　　文學教室每一堂課裏的少年，都有你的影子，都有你不同的面貌。每一個人心裏頭，都住着一個永不衰老的少年。他愛

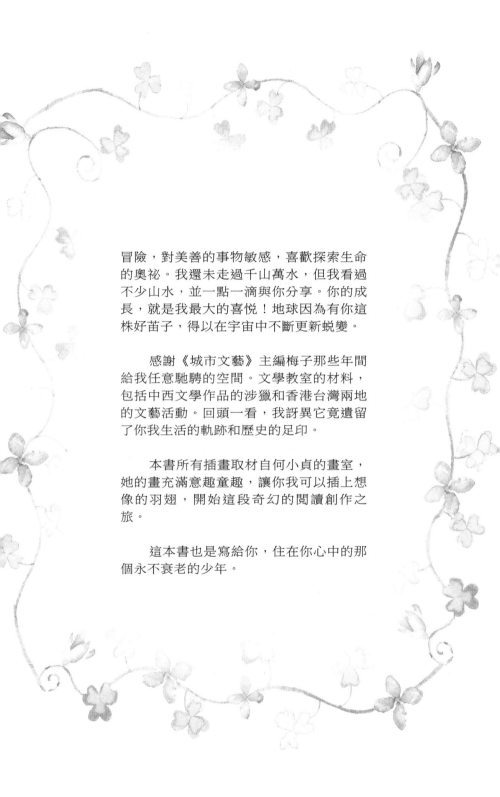

冒險，對美善的事物敏感，喜歡探索生命的奧祕。我還未走過千山萬水，但我看過不少山水，並一點一滴與你分享。你的成長，就是我最大的喜悅！地球因為有你這株好苗子，得以在宇宙中不斷更新蛻變。

感謝《城市文藝》主編梅子那些年間給我任意馳騁的空間。文學教室的材料，包括中西文學作品的涉獵和香港台灣兩地的文藝活動。回頭一看，我訝異它竟遺留了你我生活的軌跡和歷史的足印。

本書所有插畫取材自何小貞的畫室，她的畫充滿意趣童趣，讓你我可以插上想像的羽翅，開始這段奇幻的閱讀創作之旅。

這本書也是寫給你，住在你心中的那個永不衰老的少年。

你尋找開啟詩的鑰匙
欲打造小說的地基
你踏入隱祕的花徑
拿起鋤和耙
開始在字裡行間
掘寶

祕密花園 作品尺寸：43x57cm

給起始揮筆的少年

你要跨越未來門檻
胸壑湧動無限創意
要蓋一棟樓
要下一盤棋
要寫一本書
如何佈局拉開序幕？
你嘴角牽起笑紋
閉上眼睛
開始浪漫的旅程
你乘著靈感的微風
插上想像的翅膀
踏入隱密的花徑
你的鋤和耙是
筆

一　開場

——給探尋花徑的做夢少年

一

你，一個活潑精力旺盛的十六歲少年，狂熱地愛上閱讀，興致勃勃要寫故事。你問：

「該如何開場起步？」

你要跨越未來門檻，胸臆湧動無限創意；你編織著夢想，要蓋一棟樓，要下一盤棋，要寫一本書；第一步第一句第一段第一場，如何拉開序幕呢？

二

一個故事怎麼開場？豈有一個準則一個公式？那可能是主要人物特寫，或是一個懸疑的戲劇動作，引發讀者好奇。像聞到花香的小孩循著線索找到花園一樣。

馬可吐溫（Mark Twain）的《湯姆歷險記》（*The Adventures of Tom Sawyer*）開場，讀者就這樣給一連串的呼喊牽動起耳根的神經線。

「湯姆，你在哪兒？」無人回應。
「湯姆，你在哪兒？」無人回應。

這是個跟大人捉迷藏的頑皮小子啊！湯姆未出場，你想像的羽翼已開始搧動了！他滿嘴果醬偷吃給抓了個正著，卻嚷著：

「姑媽你往後邊瞧瞧！」

這一瞧就給他溜了。兒童文學經典一開頭令你童心大發想跟著他鬧。

三

法國科幻作家凡爾納（Jules Verne）的《神祕島》（*L'Île mystérieuse*）開場兩句對白，就令讀者緊張得不能呼吸。

「我們現在還在上升嗎？」
「不，正好相反，我們在下降！」

哇！又升又降的發生甚麼事啊？原來乘熱氣球旅行的五名乘客遇上了麻煩。

一八六五年三月太平洋上空突然吹來可怕的風暴，把熱氣球捲到高空，且隨著氣流漩渦轉啊轉的，終於給拋落荒島上。序幕交代了旅客流落荒島的原委，故事一路展開。

凡爾納寫的《地心探險》和《環遊世界八十天》都拍成了電影轟動一時。這位科幻小說先鋒作家在《神祕島》的開場戲，正是生死交關的危機時刻，讀者豈不屏息？

四

英國奇幻故事作家魯益師（C. S. Lewis）如何處理《獅王女巫衣櫥》（*The Lion, the Witch and the Wardrobe*）的開場？

第二次世界大戰期間英國倫敦有四兄妹，他們是彼德蘇珊艾德蒙露西。故事發生在他們身上。為了躲避空襲，他們疏散到鄉村一位老教授家去住。

《獅王女巫衣櫥》英文書影

　　典型童話故事的開場，清楚交代時間人物地點。表面平鋪直敍卻依然吸引你的眼睛，讀者正期待一次歷險。住慣城市的小孩到鄉下躲空襲會安份嗎？單身老教授、寬大的空房子、陌生的人物、陌生的環境、四個不同性格的小孩，一趟冒險就此展開。

　　魯益師出生於一八九八年，無意間闖入新世紀的門，走進劇烈蛻變的大時代，正如彼德、蘇珊、艾德蒙、露西一樣，打開衣櫥走進那里亞奇幻的世界。

　　二十世紀不正是充滿奇幻的世紀嗎？工業革命、科技革命、地下鐵路通車、兩次世界大戰、火箭發射、原子彈爆炸、

美國太空人乘太空船漫步太空踏足月球，這一切的一切都激發作家飛騰的想像空間，上天下地想到哪裡就到哪裡。

四兄妹闖入那里亞，經歷了善惡的交戰。獅王為叛逆的艾德蒙犧牲而死，艾德蒙歷經磨煉而重生。四兄妹在那里亞作王多年，像過另一種人生，走出衣櫥時竟然恢復小孩的樣子，這樣的歷險生涯不是很酷嗎？

五

這本書對你而言可能深了些，它的開場白可能你覺得驚慄，作者卻並非要寫驚慄小說。

法國作家卡繆（Albert Camus）的《異鄉人》（*L'Étranger*）開頭一句是：

母親今天死了。
Mother died today.

一切事端就是從母親死亡開始的。

母親死了。無任何形容詞或煽情的字眼，可以想像主角空洞的眼神、對現世冷漠的態度，讀者似乎也領悟到了存在主義的一點精髓。

主角只是個普通人，只因一次偶然跟對頭狹路相逢，對方抽刀刺過來他就開了槍。之後就是冗長而荒謬的審訊過程，他被判斬首示眾，他選擇了不上訴。他認為生命並沒有甚麼值得活的，他代表了每個時代麻木不仁活著沒希望沒愛沒上帝的人。

《異鄉人》於一九四二年出版。卡繆二十九歲時魯益師四十四歲，兩個人同樣經歷兩次世界大戰的惡夢。一個寫迷惘和失落的存在小說，一個寫創造和救贖的奇幻小說。

六

英國女作家維吉尼亞·吳爾芙（Virginia Woolf）的長篇小說《戴洛維夫人》（*Mrs. Dalloway*），一九二五年出版，寫第一次世界大戰前後的英國社會。開頭跟卡繆的《異鄉人》首句一樣短。吳爾芙開宗明義直接了當寫女主角：

戴洛維夫人說她會自己去買花。

一個清晨說自己會去買花的女人，說明了她心情很美。

一九二三年六月中旬戰爭結束了，戴夫人將在這個特別的夜晚戴上閃耀的首飾，舉辦宴會。小說寫她一路走向花店的內心獨白。吳爾芙摒棄傳統小說對人物的經營，寫出成熟的意識流小說，挖掘不同角色不同人物潛意識的世界。

隔著大西洋同時代另一個女作家美國的瑪格麗特·米契爾，卻用傳統寫法對人物和情節細膩經營。

七

這是兩大巨冊的長篇小說。如果大仲馬的《基度山恩仇記》能讓少年的你看得廢寢忘食的話，這兩大巨冊也嚇唬不了你。早熟的你既然把坊間一本本粉紫粉紅粉藍封面的流行愛情小說厚厚疊在你床頭桌面，我思量片刻就把這相當兩個枕頭的書拋給你了。你還未能啃《罪與罰》、《卡拉馬助夫兄弟們》。

女作家瑪格麗特·米契爾的成名巨作《飄》（*Gone with the wind*），添了流行小說元素。內容寫美國南北戰爭期間一個南方女子的傳奇故事。開場是女主角的特寫：

郝思嘉其實長得並不美卻魅力十足。男人一見往往傾心，就像唐家的雙胞胎兄弟一樣。

作者單刀直入簡潔幾筆就把女主角的特質給描繪出來了。

全書就寫思嘉如何費盡心思不擇手段要得著她傾慕的男子，背景放在美國南北戰爭時期。戰爭與愛情是許多名著和電影的題材，《戰爭與和平》、《齊瓦哥醫生》就是名著拍成電影的經典。

《飄》拍成電影《亂世佳人》也成為經典。電影開場跟小說開場一樣，漂亮的少女郝思嘉向一對大獻殷勤的雙胞胎男孩賣弄風情，不料從他們口中聽到她傾心的男子的婚訊而緊鎖眉頭。整部小說就繞著思嘉少女時代蟠纏的心結而轉。郝思嘉鍥而不捨地追逐飄渺的愛情，像追逐風中的紙鳶，縱使跌跌撞撞一路走來弄得人生一塌糊塗亦在所不惜。結局正如書名所提示的：生死情愛隨風飄逝。直待自己傾心的偶像死了，思嘉才突然醒覺自己一生追求的不過是少女時代的幻影。她在霧中呼喚著愛人的名字，人生醒悟的一刻往往太遲，深愛自己的人已經意興闌珊離她而去。

幾乎所有涉及戰爭與愛情主題的作品背後，都瀰漫著時代變遷一切隨風而去的氛圍。

風飄過
時光飛逝愛情飛逝生命飛逝

我的覺悟是戰爭愛情的主題往往充滿戲劇的張力、人性的衝突，總是吸引著作家追索。愛情、戰爭只活在你的想像裡，很近又很遠。是吧？你不斷閱讀不斷思索著：寫我熟習的生活抑或幻想的世界？

八

嗯，我看你捧著韓寒這位帥哥作家明星的書讀得入神，嘴角不時牽動起笑紋，你又在做夢了，夢中的你是浪漫故事的主角。你告訴我你不斷設計你腦海裡一個故事的開場，尚不知道如何取捨哩。你已插上翅膀要飛，祝你旅程順利開心吧。

心田 作品尺寸：42x30cm

給穿越心靈洞穴的少年

你外公因肝癌奄奄一息
你爬到椅子底下縮成一團
那是你的洞穴
令你情緒安穩
你又鑽入三疊紀侏羅紀白堊紀的世界
和空中飛的地面爬的恐龍玩耍
留連忘返
那是你心靈穿越的洞穴
後來你尾隨一隻兔子躍下地洞
和愛麗斯一起經歷奇幻的旅程
更一頭栽入魯益師的地底世界
成為《銀椅子》裡瑞里安王子的助將
不惜代價和邪惡勢力較勁
贏得一場漂亮的戰疫
你的一畝心田劃分許多不同的洞穴
每個洞穴都藏了寶
你終於走出了人生的陰霾

二　旅夢

—— 給尋找洞穴的孤僻少年

一

　　你，從小就對「洞穴」著迷。猶記你外公被末期肝癌折磨得奄奄一息，有貴客遠道來訪，對他說安慰的話，大人在客廳聊著。四歲的你一直不安分，到處爬，最後捲入椅子底下把自己縮成球狀，才肯靜下來，正是母親子宮裡胚胎的形狀。後來我才明白那是令你情緒安穩的其中一個「洞穴」。

　　你小時候十足舒爾滋花生漫畫筆下的拉納斯原型，經常沉浸於吮手指擁毛氈的快樂裡。你媽媽要把你沾滿乳臭唾液的毛巾拿去清洗，著實費一番力氣，往往要跟你玩拔河遊戲，待雙方拉扯得累了你也哭鬧得夠了，才能如願以償。後來我才明白，毛氈是你生命早期令你安頓的一個道具，讓你遁入令你心安的巢穴。周末你父母把你從奶媽那裡領回，帶你們姐弟外遊住宿，你哭鬧了一晚不肯睡覺吵著回家，就因為大人沒把你的專屬毛氈帶出來。

　　讀小學時你埋首於各式恐龍的圖書閱讀裡。你曾向我展示你母親不斷為你添購的十幾本恐龍書，列隊成行，然後如數家珍解析一番，儼然小專家口吻，一派小教授模樣。從二億四千萬年前三疊紀數到一億八千萬年前侏羅紀，再數到八千萬年前的白堊紀，肉食的素食的空中飛的水中游的地上跑的林林總總，雷巴齊斯龍暴龍飛龍鰭龍潛龍滄龍棘龍鴨嘴龍鸚鵡嘴龍等等。你就像替萬物命名的亞當，快樂得不得了。後來我才明白那是你心靈穿越的一個洞穴，洞穴後原來有長長的隧道，那是你開拓的想像空間。

二

　　如何插上想像的羽翅？對童年的你而言，是恐龍的意象。你外公病重至喪葬期間，為了安慰你外婆，你小嘴可以對著電話筒跟她不停說故事，管它合不合邏輯，時間似乎停頓，外婆幾乎睡著了哩。

　　過年時，你跟你表弟兩個在眾人面前比拚說故事，大家笑翻了天。

　　你中學一年級時，國文老師上完課見還有時間，就叫你到講台前講故事給大伙聽，你臉不紅心不跳就上去了，那是你的創意時刻，差別只在於寫或說。

　　法國喬治桑（ Georges Sand, 1804-1876 ）從小寄養祖母家，六歲時的遊戲娛樂就是站在小凳子上對著一群小聽眾滔滔不絕說故事，長大了她成為多產小說家。

　　你五歲前也寄養在奶媽家，擁毛氈玩洞穴遊戲說故事就是那時期的活動。

　　每回去看你們住你們家，你們姐弟倆每晚例必圍著我討故事聽，你總是用稚嫩的聲音體貼道：「姨，不必用勁，輕聲講就行了。」

　　你一直喜歡聽故事看故事講故事，後來演變為寫故事。你天真地問：

　　「我能成為作家嗎？」

　　「怎麼不能？」我反問。

三

　　父母離異令你痛苦，你不再言語，跟誰話都沒兩句，中一開始你更深深地把自己跟周遭世界隔離開來。那個滔滔不絕說故事的小男孩居然消失了，像潛入地底深處的泉水，只待覓到洞口依然會湧上來啊！這就是你奇幻旅程的開端，你尋找「洞

穴」並躲入「洞穴」。見你整晚坐在客廳，沉入電視布袋公仔連續劇的世界，像化石，誰也不睬。我看著焦急，那不是辦法。

為了慰藉你的憂苦，我送了魯益師（C. S. Lewis）的那里亞系列作品給你，你一頭栽進了他的奇幻空間。戴上神奇的戒指就把你送到那里亞目睹創造的奇蹟，穿過衣櫥就踏入那里亞的冰封世界，遠方的號角居然可以把你召喚到另一個天地，掛牆的航海圖畫居然可以把你吸入波濤洶湧的空間開始壯闊的航海旅程，踏進一道門就是另一個世界另一種生涯。

你終於掌握了打開洞穴後更開闊更廣袤的空間的鑰匙。你就是那統治那里亞四王中「偉大的彼德王」，只因一次狩獵領著獵犬追白雄鹿而迷失於一處樹林，下馬步行續追，居然穿過衣櫥回到自己原來的世界，恢復小孩的樣子。那里亞十幾年，英格蘭只是一瞬間。你做了一場精彩的夢，夢裡經歷了一個朝代。你告訴自己：「我要創造我的夢想和朝代。」你像將軍搜尋良駒，像鷹等待長成的翅膀，像鱒魚尋覓源頭，你要尋找你的故事、創作的靈感。

三月下旬香港嶺南大學當代文學的座談會上，有人問王安憶，她豐富的小說創作靈感和充滿姿彩的文字素養從何而來？她簡約答道：「閱讀，豐富的閱讀」。她沒宣之於口的是，埋頭寫作還得有農夫耕耘地土的無比耐力和體力。馳騁的夢想還得落實地面，否則如何生根發芽開花結果？好逸惡勞喜歡尋捷徑，豈能走創作之路？

飽滿的閱歷、豐實的閱讀、堅持夢想的鬥志耐力，加上敏銳的心思、獨立的思考、飛騰的想像，作家就是這樣逐步逐步煉成的啊！

四

洞穴之旅對你而言就是奇幻的閱讀之旅，閱讀令你情緒安穩、心靈安頓。此外，你還上網找尋地底洞穴探險家的資料，

想寫一個洞穴的故事。

你開始追蹤所有關於洞穴的作品，我跟你一塊找，深知道洞穴背後是一片開闊的天地，那是你憂患人生的出路。牛津大學教授托爾金（Tolkien）有一回望著一張卷子出神，想不透居然有學生考試交白卷，地底洞穴的世界就這樣平白從白卷上冒上來，他的《魔戒》系列源源不絕創造出來了。

洞穴的意象在中外奇幻經典中比比皆是。中國《西遊記》裡有水簾洞，《愛麗絲漫遊奇境》裡有兔子洞，《神曲》一開頭就以通往地獄的黑森林意象吸引你的注意，《天路歷程》開場就出現曠野中的洞，《銀椅子》中途主角滑進了巨人廢城的隙縫等等不一而足。

奇幻文學以洞穴意象開場的正是《愛麗絲漫遊奇境》（1865），愛麗絲因天熱靠著看書的姐姐，正昏昏欲睡，一隻白兔穿著背心從她身邊跑過。她滿懷好奇，就起身在田野上追趕那隻兔，發現牠鑽進樹叢底下相當大的兔子洞裡，她緊跟著跳進去了，你也跟著跳進去了。冒險之旅開始。你跟著愛麗絲往下掉啊掉，難道永遠到不了盡頭嗎？往下掉之際，甚麼事也不能做，愛麗絲居然可以打起盹做起夢來，難怪她以為要一路掉進地球中心了。噗通一聲終於到底了，豈知往前看又是一條長長的洞穴，哇，洞中有洞！酷到不行。

凡爾納（Jules Verne）的科幻小說《地心探險記》（*Voyage au centre de la Terre*），電影拍了又拍，新舊版你都看。當然艾力比維（Eric Brevig）導演的多了很多現代科技特技，簡直奪目繽紛。同樣的故事：地質學家帶同侄兒前往冰島，遇上火山爬山專家。他們一同從火山口潛入地心，展開一場驚心動魄之旅。令你心跳加速的發光的鳥、史前恐龍、食人花、飛魚，全都出現了，令人不可思議的是居然還有一片深不可測的地心海洋。

五

本仁約翰（ John Bunyan, 1628-1688 ）的《天路歷程》
（ *The Pilgrim's Progress* ）開場第一段同樣吸引了你：

> 當我在這世界的曠野行走，遇著一個洞，我就在那洞中睡
> 著了。

其實作者寫的「洞」，指的是他被囚禁的地牢。英國查理
二世立法限制獨立教派傳道師講道，本仁因此被拘禁。你讀的
正是「洞」中寫的書。地牢竟成為他靈感噴湧之處，憂患、地
牢拘禁不了他想像的空間啊！在夢中，他看見一個衣服襤褸的
人揹著一個重擔把一本書打開，一邊讀一邊流淚，全身顫抖，
情不自禁放聲大哭：「我應當做甚麼啊？」因著書上的預言他
離開所住的將亡城尋找得救之路。

你發覺這本寓意深長的書，所說的洞，有別於愛麗絲所墜
入的兔子洞和探險隊所潛入的火山洞，相同的是他們都有漫長
的旅程、奇遇。旅程結束，他們歷經各種磨煉，智慧長了視野
闊了。

待你翻到黃國彬花了二十年譯註的但丁（Dante Alighieri，
1265-1321）《神曲》（ *Divina Commedia* ），整個人傻了。像
從未聽到的天籟之音，你忍不住跟著唱誦。

「這是詩啊，太美了！」你讚嘆道。

「詩人譯詩人的作品啊。」我加註。

《神曲》開卷描繪詩人但丁於人生旅程半途醒轉，發覺
自己迷失於黑森林裡（通往地獄洞口），回想起來都會震慄色
變。《天路歷程》開卷的語調用辭竟與它相仿。

> 我在人生旅程的半途醒轉，
> 發覺置身於一個黑林裡面，
> 林中正確的道路消失中斷。

《愛麗絲漫遊奇境》英文書影

> 啊，那黑林，真是描述維艱！
> 那黑林，荒涼，蕪穢，而又濃密，
> 回想起來也會震慄色變。

　　詩人但丁描寫他離開正道走入歧途的時候，已經充滿睡意，精神恍惚。愛麗絲也是在昏昏欲睡之際跳下兔子洞的。本仁約翰是走在世界的曠野途中遇到一個洞，就在洞中睡了。

　　《神曲》、《天路歷程》開卷均寫人生中途的醒悟，而開始了一段奇異的旅程。

六

　　你的洞穴之旅剛剛開始，似夢非夢的感覺是嗎？閱讀令你眼界大開，你躍躍欲試要創造你的洞穴之旅。親愛的少年，你的際遇加速你的早熟，你的閱讀令你比同齡的更早對人生醒悟。願你早日找到你的故事，找到令你安頓的洞穴。

　　等著讀你的第一篇故事。

追風　作品尺寸：56x38cm

給追風的少年

風住哪兒？
東風住好遠好遠的海上
西風來自很高很高的山
你憑肌膚辨識軟風和風疾風烈風
你何等雀躍
雨雲都是風的友伴啊
雲是風的代言人
雨是風的知音
風啊風
藏在雨中寫在雲上
你讀風的心事
觀察捲雲層雲積雲
啊情詩豈能沒有風做郵差和媒人？
讀詩是看圖尋寶
寫詩是在自己心田上掘寶
你一天天長大
夢裡追著蒲公英跑
握別時間如握別風

三　掘寶

——給追風的敏感少年

一

你喜歡風。

你小不點大的時候問你爸：

「風住哪兒？它從哪裡來呀？」

你爸用童話回答你。東風住好遠好遠的海上，西風來自很高很高的山。到你懂得用電腦的年紀，你本著科學探究精神，上網追風去，興致勃勃研究風的形成與種類。你發覺風竟有軟風輕風微風和風勁風強風疾風大風烈風狂風暴風颶風之分。夏天人人喊熱，你在窗口靜靜看書，紋風不動輕聲道：「都別浮躁了，感受一下此刻的軟風吧！」那種細若遊絲的風你的汗毛竟感受得到。你憑肌膚感觸辨識微風和風疾風烈風之別，你會在假日央求你爸帶你到山上放風箏去。你搜集形形色色的風箏，測試各種速度力度的風，呼喝著跟它遊戲。終於有一天，你聽到颶風天氣預報後，忍不住要求你爸，帶你到強烈颶風登陸的東海岸那個城市去。幹嘛？迎接它呀！

那是你生命中偉大的一天！你爸買了兩張火車票，不遠千里帶你到颶風口所在。你伸展雙臂，終於與你渴慕已久的巨風抱個滿懷！

你喜歡上全球氣象網站，世界何處發生颶風龍捲風，你立即興奮地向你爸報告。你同齡的小孩打遊戲機上了癮，獨你對風兒鍾情。你說：「雲可見，星可望，惟有風可感。」你至終發現，雨和雲是風的友伴。你發現新大陸似地嚷：「雲是風的代言人，雨是風的知音。」

風啊風
我想像不出你的模樣兒
但我知曉你無盡的心事
它藏在雨中
寫在雲上

　　不知道甚麼時候開始，為著讀風的心事，你研究起天空中的捲雲層雲積雲，雲彩變幻的萬千姿態讓你驚嘆！漸漸地你讀起詩來。徐志摩寫〈西風的話〉，你則仿寫〈北風的話〉。你初次接觸的兩首新詩都是譜成歌的徐志摩作品：一是童詩趣味的〈西風的話〉，一是浪漫情懷的〈偶然〉，風和雲擬人化的自白，琅琅上口，充滿韻律。一年一度西風起時，彷彿聽到它在你耳邊提醒你池裡荷花怎麼變成蓮蓬的呢？樹葉又是怎麼染紅的呢？你觀察大自然的變化，思量著如果「我是颶風」「我是天空裡的一片雲」，你的世界會怎麼樣呢？你寫起詩來，似乎瞭解風的心事，明白雲的性情。

二

　　這是一個追風的日子。
　　一位八十歲的詩人一陣風似地來了又去。他受邀來港，擔任「獅子山詩歌朗誦會」的特別嘉賓，他就是洛夫。他朗誦的第一首詩〈因為風的緣故〉，與風有關。

昨日我沿著河岸
漫步到
蘆葦彎腰喝水的地方
順便請煙囪
在天空為我寫一封長長的信
潦是潦草了些
而我的心意

小黃菊(siu cing)

則明亮亦如你窗前的燭光
稍有曖昧之處
勢所難免
因為風的緣故

此信你能否看懂並不重要
重要的是
你務必在雛菊尚未全部凋零之前
趕快發怒，或者發笑
趕快從箱子裡找出我那件薄衫子
趕快對鏡梳你那又黑又柔的嫵媚
然後以整生的愛
點燃一盞燈
我是火
隨時可能熄滅
因為風的緣故

你看了這首詩笑道：「情詩啊，豈能沒有風做郵差和媒人？稍有曖昧怪責風吧，火會熄？賴給風吧，反正風也不在乎。」

他的詩影響了幾代的人，香港詩人以新作回應他的作品。

當天有個神祕嘉賓也湊興秀（show）了好幾首詩，人物出現才知道是小説家黃春明。聽他夫子自道，原來詩才是他的初愛。這也説明了他的小説蘊含詩意的緣由了。

他湊興寫的〈我是風〉，洋溢著赤子情懷。

我是風
我走進廚房
偷偷吻了媽媽一下
不小心碰亂了媽媽的頭髮
媽媽輕輕地把頭髮往後一甩
頭髮又回到原狀了

我是風
我悄悄地走近熟睡中的妹妹的床邊
我留下一片紅葉
告訴她這個秋天小哥哥來看過她了
妹妹在睡夢中笑了

我是風
深夜裡我在陽台找到姊姊
我想吻乾她失戀中的眼淚
可是，我用喝都來不及喝乾
唉，失戀一定是那裡很痛的吧

我是風
弟弟的風箏很笨

我用盡力氣幫弟弟把風箏送上天
弟弟沒把線抓牢
我把風箏送到天邊
弟弟哭了
我笑了

〈我是風〉共八段，寫回家的風對八個親人的依依之情。說是寫風的心事，不如說寫逝者情懷，感傷卻又童稚趣味十足。逝者不捨親人的哀愁，交織於愛玩鬧善捉弄的風的頑皮本色中，融合得天衣無縫，笑中有淚，淚中有笑。

黃春明回憶年少時第一回看到濁水溪，詩句隨口流淌而出：

濁水溪啊
在我還未認識你之前
你已從爺爺口裡
流進我的耳朵了

自然天成的詩。而少年的你愛充滿韻律誦之於口的詩。有月光的晚上，你不就舉著你的可樂罐順口吟唱李白的五言「舉杯邀明月，對飲成三人」？有些人隨口而出信手捻來就是詩，得來全不費工夫。有些人要歷經掙扎苦苦經營尋尋覓覓，修了又改，改了又修，才能定稿。他們為著眾生疾苦而悲憫，憂國憂民而苦吟，「國破山河在，城春草木生」的杜甫不就活畫在你眼前？不論是誰，創作途中都會遇上這兩種狀態。少年如你，是不會為一小詩傷腦筋推敲再三的；為一首詩大動刀斧多半中年詩人所為哩。珍惜你的青春啊！

不論詩來找你還是你去追詩，並不重要，要緊的是你能聆聽心的聲音，順應詩的召喚。下筆快慢不就如詩人楊牧所言，「或迅如清風，或滯礙如渾泥水」，原因則不明。

甚麼年紀甚麼情懷，何必為賦新詞強說愁？哲理詩也並非

擠牙膏似的你想擠就可以擠得出來的。儘管孩童靈光閃現的一瞬，或許不免會楞頭楞腦地問：

「雨點有爸爸嗎？露珠是誰生的？」

有一回我在一間秀茂坪女校講童詩。我對同學說：

「讀詩是看圖尋寶，寫詩是在自己心田上掘寶。」我說，並留下一點時間讓女生嘗試一下掘寶遊戲。一位老師悄聲問我：

「如何教我六歲兒子寫詩？」我輕聲說：

「不必急於教甚麼，留心聽聽他平常說甚麼。」

她若有所悟，記起一個美麗的夜晚小嘴說甚麼來著？

「月亮月亮她不乖，媽咪不讓她回家。」幸福的六歲小童回家路上牽著母親的手，小腳在月光的路面蹦啊跳的，出口成詩，不假思索，無需修改，不費力氣。大人豈知幼兒嘴邊滾動的「傻話」、「童話」，往往就是不經修飾的童詩，樸素、可愛。

有一天他長大了，學習千篇一律的造句模式，不再講出自己真實的感受，忘記自己本來的面目，漸漸聆聽不到自己內心的聲音，不再關心自己的感受。他按別人的期望被塑造，他不

就迷失了自己嗎？欲重拓業已荒廢的心田，嘗試傾聽自己脈搏跳動的聲音，詩，大概是其中一條救贖的途徑吧？

許多老大不透的成人還寫童詩，歲月並未侵蝕掉他們的赤子心，如黃春明。

黃春明年輕時寫明朗詩，他的半吊子詩友卻嚇唬他：「你的詩寫得太白了！詩就是要人看得不明白啊！」可憐他的詩友後來寫了連自己都看不懂的詩，他則棄新詩而轉投小說懷抱。他的幽默短講帶來哄堂大笑。詩人夭折，小說家卻誕生了。多年以後他沉睡的詩心復甦，重又萌芽，讓人眼前一亮。

三

風吹過，你被觸動了，震懾於它的變幻莫測來去無蹤；同時希奇何以周遭的人竟無動於衷，原來不是每個人都明白你的感受。你學著用詩來表達。

我前往多所中學演講的歷程中，有一回帶了兩幅畫讓同學好好觀賞，要他們試著寫出各自情懷。在交上來的幾百首詩作裡，居然有二十七首入選。打印出來後我寄給他們。其中一人寫道：

看，這海景
陸地上的花朵
像是有生命的朋友和親人
他們靜靜地談話

我聞到孤寂的氣味，也感受到深沉的寧靜與溫馨。打動我的，是短短幾行竟寫出了大自然的慰藉和情誼之美，你當明白詩心棲止寄寓之所在了。

你柔軟敏感的心就是你的寶庫啊。

有一天，你讀到關夢南詩集《看海的日子》裡其中的一首

握別如雲(siu cing)

〈時間的客人〉，立刻給吸住了，如釘子遇上磁鐵。

　　雨不知甚麼時候停了
　　他又開始無家的旅程
　　握別如風
　　握別如雲
　　打掃好荒蕪的園子吧
　　秋涼如果順路
　　我或者
　　再來看菊花
　　他說

　　你問道：「不知怎地讀這首詩，心裡感到淡淡的愁，有那麼一點酸一點暖。如何跟時間握別？果真如風如雲？來無蹤去無影啊！甚麼時候我也能寫出這種味道這樣境界的一首詩？」
　　我答曰：「待你走過千山萬水跌過傷過經歷種種得失後，還未

失去赤子心，也許也來一首〈時間的客人〉，卻是透過你自己獨特的體會。」

　　追風的少年啊，繼續尋夢吧！青春不做夢，更待何時？

　　掘寶的少年啊，繼續開疆拓土啊！青春無抱負，所餘何物？

後記

　　二○○九年「獅子山詩歌朗誦會」是向詩人洛夫致敬。我們在會場一起聆聽詩人親自朗誦了自己的詩，音色明亮，帶著深厚的感情，令人動容。二○一八年三月十九日他病逝台北榮總醫院。油管媒體仍保留他在林中漫步的身影，一面朗誦〈因為風的緣故〉這首詩。（二○一八文學與朗誦：《我們的島嶼朗讀》）

沙灘上的記憶 作品尺寸：30x40cm

給叩訪智慧的少年

你俯視紀伯倫沙灘上寫的字
寓意深長測不透
伊索寓言則黑白分明
恍若人性一面鏡子
盲點弱點無所遁形
讀寓言小說是震撼教育
一朝醒來發現自己變成一隻大蟲
你的世界崩塌了
和外界的溝通斷絕了
和親人的關係改變了
命運以其荒誕的面目向你走來
在這瘟疫蔓延的日子裡
到處瀰漫死亡氣息
人被隔離城市荒涼族群撕裂
國與國之間互相猜忌
你發覺你走入了卡夫卡荒謬的世界裡
你立志要書寫這個時代的城市寓言

四 寓言

——給叩訪智慧的沉思少年

一

你小時候對你老爸的訓誨總當耳邊風，直到有一天從老師口中聽到寓言故事。你耳朵豎起，開始找尋形形色色的寓言圖書。你捧讀起言簡意賅的中國成語故事，或出於先秦諸子或出於戰國策或其他典籍。

跟經常在爸爸面前打你小報告的小弟發生磨擦，你豈肯讓步？推他一把，他使勁大嚷：「我告訴爸！」你頂過去：「告就告吧，神氣甚麼？狐假虎威！」

小弟靜下來了，他要知道你拋的成語是甚麼意思。

受不了排山倒海的課業壓力和同儕競爭壓力，餐桌上對還鞭策你學這學那的母親不禁怨道：「你們簡直揠苗助長嘛，可憐可憐我這棵幼苗吧！」你老爸一旁聽了幾乎噴飯。

二

你漸漸發覺寓言孕藏的生活哲理和人生智慧。它們往往像一面鏡子，你看到自己的本相、人性共通的弱點與盲點，明白事理是怎麼回事。

你不再跟小弟斤斤計較，也少跟朋輩比來比去了。你要尋找自己的身分和位子。就像古希臘伊索寓言裡的雞冠花，不再艷羨薔薇迷人的花瓣花蕊和香氣，薔薇還為自己紅顏薄命而神傷哩。一隻狗瞥見橋下河中另一隻狗影，虎視眈眈，那傢伙居然啣著跟自己嘴裡同樣一根骨頭，似乎更可口，豈可不奪之而後快？結果呢，唉，得不償失。草原田鼠大哥洋洋自得以地道

馬鈴薯蕃薯大麥款待家鼠小老弟，竟給嗤之以鼻。為要炫耀自己養尊處優，家鼠帶田鼠回自家地下室，饗以可口的蔬果芝士魚和肉，還不斷聳恿搬遷哩。正要大快朵頤之際門突然開了，嚇得紛紛鼠竄。一再演出這樣驚嚇的戲碼，田鼠簡直受不了，頭也不回地離開了。

伊索的動物寓言世界是非黑白分明，是跟現實平行的諷刺畫，對你而言，這是一盆鮮豔多汁的水果，易於咀嚼，無需大人為你輾碎攪拌。你抗拒冗長的解析。在眾多文體中，你獨獨鍾情隸屬諷刺文學的寓言。你喜愛它的語帶雙關、幽默，刺中要害。你要創作你的寓言故事。

三

有一回你跟家人遊覽海邊一座古城，發現圍牆內一間美麗的紅磚古屋被百年巨樹蔓藤蟠纏佔據，觸目驚心，這才明白意大利畫家達芬奇寓言〈核桃和鐘樓〉的深層寓意：

一隻耳號鳥把一顆核桃帶上鐘樓，用爪子踩著啄，啊呀！卻讓它逃掉了。它滾進牆縫裡，哀求牆收留。牆發了善心，把鐘的輕聲忠告當耳邊風，收留了它。過些日子，核桃裂開嘴，長出鬚根，迅速四面延伸，不久長到鐘樓。破壞工程悄悄進行著，核桃樹還繼續肆意拓展它的疆域。可憐的牆終於傾斜倒塌，悔不當初。

這篇故事的寓意如嬝嬝炊煙，令你心生嚮往。勿對不值得信賴的人心存幻想？勿小覷小小惡習，至終鑄成大錯？對激發你多重寓意探索思考的故事，你回味再三。你開始留意觀察四周的環境、新聞，挖掘箇中的關係意義。

你一天天成長，你無法在已經開發的寓言版圖上徘徊不

前。你發覺閱讀原是一條漫漫探險的旅程。你要深入叢林，揮出你的鐮刀披荊斬棘。你開始閱讀黎巴嫩詩人紀伯倫（Gibran Kahlil Gibran）的寓言集《鯨魚與蝴蝶》。

你為發現曼妙的寓言詩而驚喜，譬如〈沙灘上的字跡〉：

一個人對另一人說：「很久以前在漲潮時，我用手杖一端在沙灘上寫下一行字；至今人們還會駐足觀看，小心不讓潮水抹去。」

另一人說：「我也在沙灘上寫下一行字，時當退潮，洶湧的海浪立刻把它們沖刷掉。告訴我，你寫甚麼？」

第一個人回答：「我寫的是『我即是存在於此的人。』那你寫了甚麼？」

另一人說：「我寫的是『我只不過是這片浩瀚汪洋中的一顆小水滴。』」

你咀嚼再三，不明所以，卻沒來由地喜愛它。直到有一晚睡前若有所悟，拍案驚奇。啊！你嚷道：「一個人的命運，不就照著他握住的當下時機所說所寫的成就的嗎？你說存在，就存在；說是小水滴，果真消失於大海。」隨後又滿臉狐疑：「紀伯倫是這個意思嗎？難道不是在演繹文字言說的力度嗎？」

你還為〈三個禮物〉潛藏的智慧而驚嘆！

貝卡瑞城住了一位仁慈的王子，備受臣民愛戴。一個窮人卻不斷對他惡言誹謗。一個冬夜他收到了王子送來的三份禮物：一袋麵粉、一包肥皂、一塊錐狀的糖。這人跑去找主教，傲慢道：「你豈看不出來王子多麼渴望獲得我的認同嗎？」主教聽了，回答這人：「麵粉是用來填滿你那空洞的肚子，肥皂用來清洗你骯髒的住處，糖用來讓你說出甜言蜜語。」從此以後他保持沉默了。

〈珍珠〉則讓你陷入沉思：

一隻蚌對另一隻蚌說，牠身體裡有顆既重且圓的東西讓牠好痛苦。另一隻蚌卻謝天謝地：「我裡外都好，健康得很！」語調傲慢。一隻螃蟹聽了回應說：「可你鄰居所孕育的痛苦，卻是一顆極美的珍珠哩。」

你說，那顆珍珠是人性的美，也是智慧的美。

你在寓言的學校窗口望了又望，要經過多少重重的磨難砥礪，人性才能煥發出它的美，智慧才發放出它的光來呢？你發現自己內裡的粗糙，人生的磨礪功課剛剛起始。

四

卡夫卡（Franz Kafka）的寓言讓你震撼，譬如〈飢餓的藝術家〉（Ein Hungerkünstler）：

那是另一個時代，當時飢餓藝術風靡全城；飢餓表演一天接著一天，人們熱情與日俱增。

表演結束了，飢餓藝術家可以吃東西了。但管理員發現飢餓藝術家還在表演的籠子裡，不肯吃東西。管理員問：「你到底甚麼時候才會停止呢？」飢餓藝術家細聲回答：「請原諒，因為我找不到適合自己胃口的食物。相信我，我若找到這樣的食物，是不會驚動大家的，我會和各位一樣吃得飽飽的。」

天生具有藝術素質的人，無法像一般人那樣，照單全收接受現實社會活下去嗎？卡夫卡認為，他想跟大伙一樣吃同樣的東西，卻辦不到，只能絕食？這意味著甚麼？遺世獨立孤傲不妥協的偏執性格？

你發現《變形記》（Die Verwandlung）中篇寓言裡的主角也表演絕食。你問：卡夫卡有話對當代甚至後代說嗎？

你想像有一天早上在自己房間裡醒來，發現自己無端變成

卡夫卡

一隻類似蟑螂甲蟲的巨物,該怎麼辦?家人必飽受驚嚇吧?雙方既定的溝通方式斷了。他們還能明白你的焦慮、心境、需求嗎?到最後,父親會同樣失去耐性厭惡地向你扔蘋果,經母親求饒而讓你逃過一劫嗎?你已經甚麼都不吃了,吃了還是吐。棄食,難道是棄絕連結、生存的渺茫希望?棄食不也是強烈表達生存狀態的一種模式?你發覺生命比你想像的還存在更多不確定性,幸福並非必然。如果今天早上你驟然變成一隻大蟲,命運以其荒誕的面目向你走來⋯⋯

　　加西亞・馬爾克斯(Gabriel García Márquez,獲諾貝爾文學獎的拉丁美洲作家)初讀《變形記》驚嘆道:「啊呀!我的天!我不知道小說可以這麼寫。」

五

五月初一個早上醒來，你發覺你生活的城市正在書寫她的寓言，其荒誕性不亞於卡夫卡的寓言世界。頭版新聞有山雨欲來之勢。

隔著太平洋甲型H1N1流感在墨西哥美國鬧得沸沸揚揚，咱們小島居安思危豈敢怠慢？〇三年奪命的SARS畫面陰影尚歷歷在目，豈可掉以輕心？香港出現第一個確診人類豬流感病人豈能不上頭條？追蹤接觸人流過程步步驚心。先是追尋接載患者的兩名計程車司機，接著尋找與患者同班飛機來港前後各三排高危搭客三十六名。帶菌者先從墨西哥飛上海（同機一百七十六名乘客已分散全國各地），再轉機至港（全機一百四十二名乘客）。有旅客驚聞患者入住酒店變疫廈，抗拒隔離，寧棄行李「逃亡」離港遁鄉，五十住客「失蹤」。

你説這段新聞的曲折離奇，豈非寓言小説的題材？我説，現實往往比寓言小説更荒誕更難以置信。有時小説則把現實放大，誇張化，加強寓言的諷喻。寓言莫非是現實誇大的諷刺畫？

一九一八年初夏，西班牙爆發第一波流感，疫情緩和，不過是預警；秋冬則爆發第二波，情況是致命嚴重的。當時全球至少二千萬人死亡。你聽了一副咋舌的表情。我説，一九九八年諾貝爾文學獎得主葡萄牙作家薩拉馬戈（José Saramago）的長篇寓言《盲目》（*Ensaio sobre a cegueira*），就是描述一場瘟疫。

甚麼瘟疫？你問，正翻開一本周刊。（全版墨西哥全民戴口罩的畫面：上班族戴上骷髏咧齒的口罩趕時間，公園情侶戴著口罩蜜語，海灘父子戴著口罩戲水，廣場銅雕女獵戶戴著口罩拉弓射箭）。

一場奇特的疫病，出現於一座奇異的城市。我説。

當天和任何一天沒兩樣，大家都在紅燈前停車。奇怪的事

葡萄牙作家薩拉馬戈

發生了。綠燈亮時所有車子移動，除了中間車道的第一輛，原來車主突然失明。一位路人帶他回家卻把車開走了，半路偷車賊就瞎了。車主由妻子帶去求診，醫生回家後也瞎了。當天求診的、受牽連的都瞎了，結果全給隔離。政府如臨大敵，管它叫白症，鑒於感染者全在光天化日之下眼前突然彷彿給一堵白牆擋住，白茫茫一片。

小說一開始，作者就已渲染了寓言色彩了。你聰明地插嘴道。

沒錯。我說。

盲人來了一批又一批，全給塞進空置的精神病院，衝突時有發生，大伙發覺隔離意味著監禁。第一個犧牲者是偷車賊，他爬出大門那一刻就給子彈射穿了。警衛士兵嚴守隔離空間，

越雷池一步則遭殃。由於飢餓盲人都擠在走道，送食物的士兵一看嚇得亂槍掃射，屍體疊成小丘，失明者成了待宰羔羊。弱肉強食原始狀況發生了，流氓集團產生了。食物的分贓、掠奪，環境的惡臭，加上公然的強暴，禁閉的空間恍若地獄。甚至警衛、士兵都感染失明，有一天守衛軍全不見了。精神病院失火，盲人自由了。走在街上才發覺整個城失守了整個國家失守了，一切陷入無秩序無政府的混沌狀態。全城瞎了，舉國上下都受感染了。醫院沒醫生、劇院沒觀眾、法院沒法官、學校沒學生。無人駕駛、無人閱讀、無人創作，各行各業無人守。

死城。你冒出這麼一句。

唯一未受感染的是眼科醫生妻子。我說。

她目睹整個城市恍若死城：停電停水缺糧無人管治，商店被劫掠。人人為生存彼此踐踏殘殺，空氣充滿腐屍、糞便、垃圾的惡臭。每間樓房都被陌生者破門而入，到處是摸索行走覓食而迷途的人。

時間到了盡頭，生命到了盡頭，世界到了盡頭。

疾病長驅直入，水源枯竭，食物腐壞。

突然有一天，無預警，無預兆，第一個失明的人發覺自己眼睛忽然復明，接著第二個、第三個……

街上歡呼聲此起彼落，眾人彷彿從長長的惡夢中醒來。

一場瘟疫不就是人性的試驗所和審判台嗎？你說。

盲目的寓言不是曾以SARS的劇本在我們城市演出過嗎？我說。一位帶菌者搭機從一個城市飛抵我城，令我城成為疫區。不斷有人受隔離，不斷有人死亡。後來SARS不知怎地長了翅膀越過我城而去，我們像從長長的噩夢中醒來。

薩拉馬戈有話說，卻不直接說，透過寓言來說，警世意味很強呢。你說。

一場盲目的瘟疫，撕開文明外衣，其震撼不亞於你看的卡夫卡寓言吧？我問。

你點著頭，把《盲目》中譯本抱回去，打算跟它摔跤。「

誰怕誰？」你要跟自己較力，你已成長。因為你不僅打算展開長篇寓言的閱讀之旅，亦籌劃開始創作你的城市寓言。人生途中不斷拾掇花果的少年啊，你尋找智慧如尋找銀子，搜求它如搜求隱藏的珍寶。祝福你在新疫症不斷冒生蔓延的年代裡能披荊斬棘，找到心目中最美的花種，完成你的夢想。

夢中的光影 作品尺寸：76x56cm

給遨遊遠方的少年

你經常凝視遠方
遠方有大海叢林幽谷峻嶺
你渴望一回壯遊
你自幼養尊處優衣食無缺
你學長笛習水墨和油畫
小說家怎麼煉成的？
坎坷的童年飽受歧視的離異家庭
竟是人格智慧焠煉的火爐
梭羅身兼木匠農夫詩人
在湖濱完成了傳世之作
你藉閱讀旅行繪畫
開鑿思考和想像的空間
要填補閱歷的蒼白
塞尚靈感之路的壯遊
你跳進了一個光影華麗的國度
全新的宇宙向你敞開

五　浪跡

──給神馳遠方的文藝少年

一

小時候你經常凝視遠方，遠方有大海、島嶼、叢林、幽谷、峻嶺。

今天世界已是地球村。你的眼界已越過城門水塘、大嶼山、南丫島，望向地平線的一端。網絡年代裡，深更田野上背布袋的夜行人抓不肯睡覺的小孩這樣的傳聞，能嚇唬你？

年少的你，讀西西《我城》，跟阿果阿髮的願望一樣：到世界各地去旅行，將來長大了要創造美麗新世界。你說，就在你筆（文筆、畫筆）端下。你要增長閱歷見聞。

閱歷是寫作人豐厚的資產。莫言的童年少年沒有飢餓孤獨貧窮那樣的歷煉磨悴，會有日後的多產和只此一家別無分店的創作題材嗎？一九六一年春天，莫言村裡小學拉來了一車亮晶晶黑不溜休的東西，一個聰明的孩子拿起一塊就吃，咯蹦咯蹦，孩子們一擁而上，每人搶一塊，也咯蹦咯蹦吃起來；大人見狀也撲上來吃。這場大吃大嚼的嘉年華餐聚不久就給校長趕散了。多年後有人問起吃煤塊的感覺，他說只留下口腔的感覺和煤的味道，心頭亦留下了吃到天上恩物的歡欣快感。你曾聽一些小說家演說，套你的話，他們天南地北隨意聊起來，就已經讓你聽出耳油流出口水來了。

你說，夢想路似乎遙不可及。然而閱讀旅行繪畫為你開鑿了無窮想像、思考的空間，為你儲備資產哩。你不斷擴闊生活面，添了生活姿彩亦補經驗之缺。

二

　　你羨慕一個理了美國大兵頭的十二歲少年背著中型背包，隨著背了巨型背包的爸爸，用整個暑假徒步把台灣全島走透透。他們睡學校走廊、民宿，露營海灘。他們途中曾沿著僅探險隊踏足一次的崎嶇古道踽踽而行，亂石堆中無路找路。有一回露宿遇上颱風要出動警察援助。相機下除了天光雲影，經常捕捉的是少年精疲力竭癱睡路邊的模樣。父子倆天天各自寫見聞並拍照，合著一本書呢！你說著說著眼睛發亮，繼而黯淡：

　　「爸爸是工作狂，豈肯犧牲五十天為兩個人策劃一趟這樣的壯遊？一次香港三日單車行？都很難哩！」你掩不住沮喪之情。爸爸不在場的母子四日泰國遊、五天星馬，讓你索然乏味。你不要「例牌」。

　　你爸事業漸趨穩定，陪你時間多了。父子倆不時逛書店，羨煞你的同學。你爸為培育你的藝術細胞，讓你學長笛習水墨。

　　你有你的夢想，打暑期工，為自助壯遊起跑。寧可暫捨從小研習的水墨轉投水彩，啃法語，搜集塞尚梵高莫內的畫冊。

　　〇六年六月開始，普羅旺斯格拉那博物館舉辦塞尚百年忌辰紀念展，展出一百一十七幅作品，依照畫家生前足跡排序。市政府編排了「塞尚靈感之路」的專線旅遊，讓遠道慕名而來的旅人沿畫家足跡探尋他靈感的出處。你儘管編織自助旅夢，畫展有時間性，不會等人。趁暑期，你爸媽各請兩禮拜的假，帶你來一回真真正正非例牌的藝術之旅，訪塞尚梵高莫內故里故居。你的空白畫本填滿了出色的寫生稿，你天天寫日記。離境之前最後三天，你們逛了巴黎和羅浮宮。

三

　　法國之旅，令你忽然領悟印象派畫家華麗的光影是現實而非夢幻。尤其當你們坐上你爸友人的車子沿陽光大道自巴黎高速直駛普羅旺斯，不論晨昏陰雨晴明陽光變幻莫測讓你嘆為觀止。

　　香港女作家蓬草、綠騎士、黎翠華年輕上路，為了夢想甘心踏上遙遠的旅程，巴黎成為她們拓夢的地土。她們工讀、不懈地創作、成家立業。蓬草的小說人物為要踏上遙遠國度（理想國）的旅程，幾乎全是一往無悔的決絕；主題幾乎全是一場又一場歷險、遠遊、航行的「遊戲」。綠騎士的小說人物幾乎全是包纏著回憶傷口過活的人，她於一九九九年香港的詩畫展《悠揚四季》，捕捉的則是大自然和四季綻放的音符。她相信大自然和音樂是療傷能手，木能「安撫風雨」，弦能「在傷痕間綻放雲歌」。黎翠華起初在巴黎學畫，一面寫作。後來在小鎮靠崗落腳，並幫餐廳繪壁畫謀生。我在靠崗一家餐

印象派大師莫內眼中的《日出·光影》

廳看到《清明上河圖》的仿作壁畫給震懾住了！黎翠華細緻仿真的筆觸確是絕技。她亦曾背著畫具遠赴西班牙幫新店彩繪牆身。你翻開《諾曼第的日子》以為是一本尋常的旅遊書，不料是絕佳的散文。靠崗海邊竟是「印象派的海邊，莫泊桑的海邊」，何等震撼！你說三位女作家筆下呈現的是不一樣的法國，我說是不是像戴了三幅不同的眼鏡？你說正是。

你渴望的，不就是能在印象派筆下光與色的小鎮浸泡一番，把浪跡生涯用畫筆和文字一一描摹嗎？

你從圖書館捧回一本劉沙的《法蘭西鄉村主義》，精美彩色的小鎮風光攝影讓你愛不釋手。眼看城市蜂湧興起，鄉村不斷消失，田園風情豈不更令人神往？

你未料到的是，著名油畫《最後審判》居然掛在瀰漫酒香的小鎮博內（Beaune）主宮醫院大廳上。經歷二次大戰倖免於難的中世紀小鎮科爾瑪（Colmar）也因伊瑟罕修道院藏著價值連城的聖壇畫、聖馬丁教堂藏掛尚戈爾的名畫而揚名。許多名畫如同一粒粒珍珠，鑲嵌在無數景色如畫的小鎮古老的建築裡，小鎮也因這些珍珠而閃閃生輝。卡爾卡松（Carcassonne）小鎮竟然是歐洲最古老的城堡，處處紅磚瓦的圖戶茲（Tou-louse）小鎮名列「最美的法蘭西鄉村」。你說，如果城堡莊園處處、葡萄樹薰衣草充斥的法國鄉村，是一頓盛宴；那麼小鎮就是一碟碟秘製的私房菜。

每個小鎮就是一個傳奇。你翻完十個市鎮的史蹟景致癱在床上瞪著天花板發呆，一切像是不可能的夢。

四

今年六月初你赴一場音樂會，兩旁座位伴著的是你母親和我。事先你並不曉得「法國音樂之夜」葫蘆裡藏著甚麼，只知道是深圳交響樂團演奏的。開場前你意外地發現場刊上盡是古典曲目。第一首就是德布西（Debussy）的《牧神的午後》前奏曲。我悄聲說作曲家是根據詩人瑪拉美（Mallarme）的牧詩

而作的，俄國芭蕾舞者尼金斯金（Nijinsky）又用這首曲子編成舞劇。他模仿希臘一幅名畫《牧神的午後》而創作。你問，牧神不就是神話中額頭插著獨角的人羊？我說，也就是魯益師（C. S. Lewis）那里亞童話系列筆下，露西踏足那里亞世界遇到的第一個人物。像今天這樣酷熱的一個夏天午後，天真的人羊牧神吹完笛子吃葡萄，忽然瞥見七位山林水澤仙子正在他身後湖邊戲水，他從未見過這樣美麗的動物。仙子卻受驚嚇逃入樹林，只有一個留下好奇地走近他。兩個人跳了一段舞，仙子還是一溜煙逃了，卻掉落一條絲巾。四周恢復了沉寂，牧神悲傷地拾起絲巾，神思恍惚，以為只做了一場美夢。你問，你說得好像看過這場舞劇。我說，是在以尼金斯金的一生拍的電影裡看過的。

《牧神的午後》第一個音符跳進你的耳朵，夢幻般的曲風立即吸引了你。接下去是聖桑（Saint-Saens）的鋼琴協奏曲《埃及人》、浦朗克（Poulenc）的D小調雙鋼琴協奏曲、拉威爾（Ravel）的波麗露（Bolero），都是大眾能品賞的精選曲目。

從你癡醉的神情，我知道你已走進一個光影華麗的世界，你以「震撼、夢幻」概括整體的印象。尤其壓軸的波麗露讓小鼓長笛把整個管弦樂團從弱音漸漸帶到強烈震撼的高潮，你拍爛了手掌。你讚嘆小鼓手長笛手的造詣。我說多年前我看過法國二十世紀現代芭蕾舞團在香港的演出，就是以波麗露曲目編的舞蹈作為壓軸節目。你瞪大了眼睛，一副難以置信的表情。

五

記得你習山水畫時，有一回老師帶著你和另一個同樣年輕的弟子遊蘇杭爬黃山，帶著你們寫生，你因此領悟老師筆下磅礴氣勢的山水精神源於何處。

〇八年八月八日你無意中卻給拋入了眾聲喧嘩的海洋裡。原來你爸很早就預定了北京酒店、奧運開幕禮的票，卻瞞著你，為給你驚喜。體操王子李寧吊威也在夜晚偌大體育場上空

水影(siu cing)

繞跑的雄姿壯舉震撼了你，探射燈亦步亦趨圈著他移動。

　　整個星空之下，全世界的眼睛也隨之移動。你曾夢見自己孤軍在非州原野狩獵，半夜長槍不見了，又給豹子追。但那一人的空中緩跑，彷彿帶動一個古老國度的步伐和夢，邁向煙花璀璨新紀元整個民族的異象。恍惚之間你似乎開拓了另一個陌生的思考空間，個人的夢究竟如何連結於一個龐大民族的願景中呢？小島的文化生態不同於大陸的文化生態，你思考這根曾接於大英帝國殖民體系的枝子，到底又怎麼連於原屬的中華文化樹系裡呢？

六

　　亞歷山大遠征時帶著一個寶盒，盒內是荷馬史詩《伊利亞德》。《湖濱散記》作者梭羅在一整個夏天都把《伊利亞德》放在書桌上。《帶一本書去巴黎》的作者林達，則帶著雨果的中譯本《九三年》上路。

你發現每個人要往遠方開疆拓土時都帶備不同的眼鏡。而這幅眼鏡不是金錢買得到的，那是經年累月的閱讀和人生閱歷錘煉融鑄成的世界觀，那可能含納了你對宇宙、歷史、人生不可動搖的信念。你如何觀看、詮釋你周遭的世界呢？你點著頭，似有所悟。因為當你寫生時，你正用你獨到的眼睛取景，重點、取捨、角度，自然從你筆端流露。

林達在文革時讀了兩本談論革命的書：狄更斯的《雙城記》、雨果的《九三年》，比他人更早的從「革命」中醒來。正因為是在「革命」中讀的法國革命，所以對法國和巴黎的第一印象就是革命了。多年後能親赴「革命現場」當然不會錯過深入了解的良機。參觀監獄古堡古建築賞古畫筆下多了歷史縱深的追究探研，沿途作者塞納河畔即景古蹟古堡寫生彩繪的作品令你讀賞不已。然而從巴黎回來卻要搜出《雙城記》、《悲慘世界》、《巴黎聖母院》重行閱讀。今昔感受大相逕庭。

你尚年少，啃讀充滿歷史意識的遊記是辛苦了些，然而你當是腦力運動。

「人在旅遊所為何事？」草雪答曰：「不外乎文化、大自然、閒適而已。」

她前往布拉格最大的收穫是欣賞到默劇大師的演出！尤其是Fialka那一場《樹的生命》，他能白手在空氣中寫詩。小樹漸長，忽爾給砍下來，痛惜之餘，木材給造了小提琴，生命提升，琴音下彷彿仍見樹影婆娑。多年後草雪拖著七歲女兒前往香港大會堂音樂廳欣賞另一位默劇大師馬素的表演。她始終難忘三十二歲那年興之所至歐遊八國四十五日天涯浪跡的光輝一頁（《浮生物語》）。

七

梭羅（Henry David Thoreau）說《湖濱散記》（*Walden*）這本書是給窮學生看的，我說對養尊處優的你究竟有多少啟發就不得而知了。你哼了一聲瞪我一眼。然而你的確大開眼界，

發現要獨自在一個地方探險耕植旅居，非有十八班武藝不可啊。我說梭羅有他一套處世生活哲學，你說要自己試著領悟搜尋。

梭羅在華爾騰池（ Walden pond ）畔自謀生計、親手蓋房子的本事，令你五體投地，比起魯濱遜漂流荒島求存技能不遑多讓哩。一八四五年三月底他借了把斧頭來到湖畔森林，砍松樹立柱裝椽。一八四五年七月四日他搬進森林住。他創造了自己心目中美麗的新世界。

你預備了筆記簿，抄錄了梭羅湖畔日記的點滴：

我的住處，和天文學家夜裡所見的天體一樣地遙遠。

我發現我的房子就座落在宇宙中這樣一個隱逸之處，常新無染。如果住在昴星團、畢星團、金牛星或牽牛星附近，真有那麼值得的話，那麼我就真住在那裡了。

每一個早晨，都是一個快樂的邀約，邀我生活簡單純樸，一如大自然。我去森林裡住，是因為我想活得從容不迫。藉由只面對生活必要部分，來了解自己能否學會生活所要教導的，免得臨死之前發現自己白走了這一遭。生活如此可貴，我不想過那種不是生活的生活，若非必要，我也不想與世隔絕。我想要活得深刻，取盡生活的精髓，踏實地活著。

如果生活是卑微的，那就理出所有真正卑微之處，然後公諸於世；如果生活是崇高的，那就親身去體驗它，以便在下個旅程中忠實傳述。

你似乎有些明白身兼木匠、農夫、詩人的梭羅，所以忠實記錄浪跡天涯幽居生活的原委哩。他創造了他心目中的樂園，實現了他的夢想。

親愛的少年，當你遙望滿天星辰，你那雙吃飽巨風的兩翼躍躍欲飛之際，那就飛吧！每回啟程，全新的宇宙必向你敞開它寬廣的懷抱。

記憶的房子 作品尺寸：50x38cm

給凝視長街的少年

他自稱雨的孩子
常年窩在下梅雨的小鎮
桌腳板凳腳豬圈梁柱都長了菇菌
打開記憶寶箱
啊打鐵鋪稻草人野台戲拖網牽罟電影看板人
全出場了
你也是雨的孩子
打開記憶盒
啊清晨細雨中曾跟我騎著單車
衝上田埂兜風
如何認識你熟悉的一條巷子一條街？
透過西西的眼
濾出了童話的香港詩化的香港
透過記憶和陌生化的濾境
竟挖掘到老環境下的奇珍
你心底躺著宜蘭的一條長街
原來愛一座城市從愛一條街開始
鄉土之情有斗可量有磅秤可秤嗎？

六　記憶
——給凝視長街的深情少年

一

　　我乘葛瑪蘭汽車客運抵達宜蘭。宜蘭原名葛瑪蘭，新名舊名更替背後已經隱藏著歲月滄桑的故事。你會探究並告訴我故事的原委嗎？每回宜蘭之行總想泡泡溫泉，不吃地道溫泉皮蛋、牛舌餅、嫩蔥、白筍，也是可惜。逛夜市掃零嘴幾乎是必備節目。兩年不見，盛暑天你跟著你母親、兩個表弟來總站接我，一部用了二十年你爺爺遺留下來的舊車裡，你套上夾克，帥是帥，不熱嗎？你答有安全感嘛。你的出位也許有你的理由，起碼讓我率先認出你。

　　我們沒有代溝，別說你母親驚奇，連我都感到不可思議。

　　你童年寄養宜蘭外婆家，曾跟你爸爸在菲律賓漂泊一年，小學搬到台北，初中又搬回宜蘭了。在台北讀書想念宜蘭的山脊，住宜蘭又想念台北的燈光。

　　明年你要考高中了，暑假每天下午都要補習。第二天一大早天色灰濛濛的，我們還是約定了各自推了自行車兜風去，穿出小巷拐過大街沿平交道旁的小路衝上田埂，清晨的風在我們耳邊唱著歌。我們在一座石橋下停下來休息，天飄起了細雨，你問了一些關於寫作的問題，譬如靈感。你彷彿在問：風從哪裡來啊？雨從哪裡來啊？我說：不就在眼前當下嗎？

　　黃春明自稱是「雨的孩子」，出生於宜蘭，那一片蘭陽平原就是他日後小說創作的舞台。難道你不也是「雨的孩子」嗎？一下起雨就咯咯笑個不停跑出去濺水的小孩哪兒去了？春雨綿綿的日子裡許多東西都發霉了，黃春明觀察到「**像接近地面的桌腳板凳腳、豬圈的樑柱都長了菇菌，像一把一把撐開的小傘。**」一棚野台戲的開鑼，打鐵鋪、稻草人、濱海漁村的拖

網牽罟，都儲存在他記憶的寶箱裡，隨著年日不斷發酵，釀成日後創作的甜酒。穿街走巷的電影看板人成了日後〈兒子的大玩偶〉創作的題材。

二

　　我問：「台灣地圖像甚麼？」你說：「像片葉子啊！」「打橫看呢？」你想了半天，「像魚吧？」

　　許俊雄初看從前人畫的橫式台灣地圖而驚喜不已，說它像一隻充滿想像的鯨魚。它打破了我們平常慣性的認知，那確是一張充滿想像的地圖。影像世界正鋪天蓋地侵佔你們的視野、注意力，你們的想像力思考力正一點一點流失。如何認識你生活的地土？包括你熟悉的一條巷子一條長街？

　　從苗栗、湖口、土城、台北一路探親訪友上來，每家少年男女不是對著熒幕就是對著網絡，包括你在內，我幾乎無法跟你們說上話。別說我，大人也難得跟你們搭上線。每回你們的禮物除了書還是書。如何跟影像世界爭一席空間呢？台灣出版界努力編選青春讀本的小說系列，那是特為你們栽植的盆栽，而非園景。

　　出書人說，文學固然需要想像的翅膀，但惟有立於自身的土地上，才能感受到落地時的堅穩踏實。如何認識一個地方、一個族群、一群生活在這塊土地上的人？透過政治經濟社會的研析報導？透過文學作品？你嘗試用你的眼睛觀看嗎？你曾試著打破慣性的認知，插上想像的翅膀去閱讀並創作嗎？

　　你喜歡西西，尤其是她頑童似地說故事的語調。你透過她的《我城》走進了童話的香港。你說，原來可以這樣書寫所愛的城市呀？我說，不是記憶扭曲，而是昔日的葡萄釀成了香檳釀成了酒。

　　你訝異任何平凡的事物在她筆下，都有趣好玩。包括天台的垃圾、公園的門、書店的即沖小說、搬家的詳情等等。譬如

搬家，阿果原以為只要「他們把我的家雙手一抱，就搬到我要搬去的地方了。」豈知他們說「來和我們一起做體操吧。」「搬家是掃出七桶垃圾，三抽屜灰塵……搬家又是：看別人來表演雜技，兩條猿臂移去一個衣櫥，一個虎背肩去一個冰箱……他們對我的唱片搖搖頭，說，他們不表演雙頂碗。」出版社新發明的即沖小說特色則是「整個小說經過炮製之後，濃縮成為一罐罐類，像奶粉一樣。」「喝即沖小說的人，腦子裡會一幕一幕浮現出小說的情節來，好像看電影。」簡直匪夷所思。你搬過家，亦看過流行小說，就咯咯咯地笑起來了。

西西筆下《飛氈》的肥土鎮你花了幾個月時間慢慢看，愈看愈驚奇。星星花草金屬禽鳥昆蟲街道家具酸枝鋪雞毛撣子影畫戲酒樓茶鋪無不涉獵，你說你像坐上飛氈飛往肥土鎮昔日又

攤檔(Siu Ching)

飛回現在。香港在她手中像一件衣服，裡裡外外讓她翻透透。你說，原來把一個熟悉的地方陌生化童話化詩化，這麼有趣多姿。我說肥土鎮的確以香港為版本，卻因為透過童話的鏡子，讓我們看到折射的多重面貌。

在西西眼中，它的確是一張充滿想像的地圖，打破我們慣性的認知。

三

小思說：「愛一座城市，從愛一條街開始。」如何紀錄一個行將面目全非的城市？如何追念在地圖上已不存在的街道或建築？而時代變遷、信念崩盤之際，怎麼去看待記憶這回事？朱天心在《古都》質疑：「難道，你的記憶都不算數……」

董啟章《永興街興衰史》，研究生隻身回到這個城市，開始尋根旅程。回到上環老家，住進祖父母留下來的舊房子。它是永盛街最後一個標誌。

> 走過它，我或許可以走回過去，走到過去的盡頭，走到這裡誕生的一刻，我們誕生的一刻。

他在陳舊的地圖上的街道網中尋找永盛街，希望在故紙堆中挖出先人行蹤，連帶也掘出家仇國恨，「但我真正想找的卻永遠沒法再尋回了。」

韓麗珠〈輸水管森林〉，則對舊街曝露的輸水管森林投以深情的凝視。她以將要清拆的舊樓大廈出了毛病的輸水管，與外婆出了毛病的腸子互為隱喻。輸水管爆裂後幾天外婆也死了。然而新式樓宇「無論是屋內看或從屋外看，都是看不見輸水管的。這實在是一件教人悲傷的事。」

一群人選定台北三條風格迥異的大街，用圖片鏡頭文字認真捕捉它們時空的變化。他們深愛台北，希望更多人懂得去欣

賞她閱讀她。你怎麼回看那幾年，每天背著書包在學校家裡往返走過的台北那條長街？上學趕著去，放學總是跟著大伙這裡看看啊那裡玩玩啊，盡興了才回家。

法國梧桐呀
法國梧桐
我想問問你
為甚麼
法國的梧桐
長滿在
中國的土地上？

西西《候鳥》第一章的詩問。

我說，書中敘事者心版上亦躺著中國大地上的一條長街，那是學校和她家之間的距離。

她上學要走三段路，第一段路是熱鬧的、車輛也多，馬路較寬，有各種店鋪。下午三點半放學，蹓躂回到家五點多了。譬如看賣燒餅的伙計如何搓麵，把餅貼到爐壁上去。她站著等烘好了的餅出爐。

我並沒有買燒餅，我只是喜歡看，要看整個做燒餅的過程。長街上的各個店鋪，每天就在那裡作種種不同的表演，彷彿他們是大馬戲團，不斷上演令人驚訝的節目。看過了烘燒餅，我又站在旁邊的店門口看做花生糖，糖板哪，花生哪，甜漿哪，菜刀哪，又香又熱鬧的一個地方。

每段路景致不同。轉進寂靜的長街，一間店鋪也沒有了甚至連一扇門也沒有。

不過這地方卻有了新的聲音，除了風捲樹葉的旋轉聲，就是雙腳踏在落葉上的沙沙聲……真是一種清亮的音樂，那麼多

長街的梧桐

的落葉，那麼長的街，這首歌要走到樹的終點才能唱完。

　　西西的《候鳥》勾引起你無數遷徙的記憶，甜蜜酸楚攪雜。

四

　　在歷史長河裡，衰敗、興盛更替，原是城市無可避免的節奏。也斯〈找房子的人〉，透過找房子，看到一個城市變幻的過程，令人觸目驚心。一對夫婦記得先後住過的房子，他們幾乎住遍每一區：

他們住在山邊，遇上山泥傾瀉；住在漁村，豪雨帶來水淹；住在機場旁邊，飛機飛過震破了玻璃；住在電力廠對面，電力廠發生爆炸；他們住的舊樓要拆卸；搬進的新房子鬧鬼；住的地方附近有大檔和私人會所，搬；有垃圾站和焚化爐，再搬；住的地方要拆了建地下鐵路，被迫遷；住的地方要填海建馬場，只好再搬；住在鬧市，治安不好搬家；搬到鄉下，因村民的閒言搬家。

這種城市吉卜賽族的生涯你也嘗過，你比一般小孩經歷更多漂泊之苦。你如何審視你與一個城、一條街、一個巷所經歷的小小滄桑？至今你仍無法忘懷昔日跟你一道遊蕩街里巷弄的同學，你記憶的盒子裡是如何儲存你們同行同鬧的日子的？有沒有一棵樹、一個公園的老人烙印你心版，並昇華為一種名為思念名為詩的東西？

郭麗容〈城市慢慢的遠去〉，描寫只有在某些場景才可能發生的劇情：

在九龍城，還有很多五、六十年代的唐樓，外牆是雞蛋花的黃，樓梯也是同一色彩，左右兩邊加上墨綠色。經過這許多的歲月，磨損得發白了。踏上樓梯，彷彿會通去五、六十年代的粵語長片世界裡，那是一個只有黑、白、灰的世界。

謝賢對嘉玲說：「我愛你就是因為我愛你，不是為了錢。」嘉玲背過臉：「我不信。」謝賢跪在地上作發誓狀：「天、地、良心，我愛你就是因為我愛你。」

小說末段對城市興替有這樣的嘆息：

當赤鱲角新機場啟用後，九龍城將會重新發展。那時由香港島望去九龍城區，據說會像紐約的曼赫頓。在矗立的摩天大

廈之間，玻璃幕牆與陽光閃爍。「天、地、良心，我愛你就是因為我愛你。」這些句子將沒處停留。

五

　　一九九七年六月三十日，同地球任何一天沒兩樣。但似乎有甚麼隱秘的東西在一些人心裡蠢動。李碧華整整一天，由太古開始，依循環路線走完所有電車路經之地。用傻瓜機毫無鋪排地拍下沿途所見。

　　「因為最後，所以饑渴。」她說。「像男女之間，每是驀地驚覺：『原來最愛是你』時，便得黯然作別。」小思嘆道，蒼涼之情，莫過於此。

　　灣仔，對某些人而言，記憶儲存的是雙喜、龍門；對某些人而言，則是修頓球場、春園街。跑馬地，對小思而言，則是花開花落的季節，撲鼻的雞蛋花味，因為父親埋在雞蛋花樹下。

　　七月一日新舊政權交接，大英帝國旗幟降下，中華人民共和國的旗幟升起。

　　七月一日的空氣、太陽，與六月三十日的空氣、太陽究竟有何異樣呢？對某些人而言的確毫無感覺；對另一些人來說，竟有難以言宣的情愫，飽飽脹脹，到底是甚麼呢？

六

　　「有天，一切一切都會灰飛煙滅。有天」（郭麗容〈城市慢慢的遠去〉）

　　當城鄉以我們無法預料的驚人速度蛻變之際，在我們腦海裡有甚麼東西是我們可以捕捉的？有甚麼可以讓我們抗拒腐朽腐爛的東西呢？

沒有昔日沈從文對湘西山城風土人情深情的凝視，就不會留下《邊城》令人低迴至今的抒情小說。舒巷城若不曾於無數晨昏，細細觀察筲箕灣西灣河一帶漁民的生活、鯉魚門之霧的變幻多端，日後流浪返鄉亦無法醞釀出《鯉魚門的霧》這罈清酒。

　　黃春明筆下《看海的日子》女主角白梅最後仍回到了漁村。《鯉魚門的霧》男主角梁大貴衝出了網一般的霧十五年後，也回家了。然而扛夫的吆喝聲、昔日的笑臉不再，人事全非。他發覺自己不再是主人，只是一個陌生的過客罷了，令人唏噓。

　　親愛的少年，一個人對土地、城鄉的情，無磅秤可秤。可是當你一聊起那條長街每一個店面舖子攤檔如數家珍之際，我知道有扇門開了！有一道泉正汩汩而湧，你不就這麼走進去了嗎？掏取你記憶的庫藏，那正是你心靈滌淨沐浴之處，也是你創作的起點。

雨中的花季 作品尺寸：56x76cm

給守候雨雲的少年

詩是甚麼？
無數人物城市掠過眼球
留在視覺裡的
你停格放大
留在舌尖下的
你不斷反芻回味
留在感覺裡的
開始令你哽咽
一些鏡頭閃爍在陽光下
一些鏡頭浸泡在淚水裡
你成為一個　暖的人
意念終於綻放如花
朵朵雲兒終於釀成雨瀑
詩是等待的旅程

七　意念

——給守候雨雲花季的創意少年

一

我喝咖啡，你喝奶茶。茶座面向尖沙嘴維多利亞海港，巨大的落日一寸一寸墜入海心。

你意猶未盡，要我再談靈感。你說，可以具體些嗎？

「詩是甚麼？」我問。

「靈感。」你不假思索答道。

「可以具體些嗎？」我問。

你笑了。我說：

「詩是經驗。這是捷克詩人里爾克（Rainer Maria Rilke）的標準答案。他說，為了一句詩，首先必須看過無數城市、人群和事物，必須熟悉動物，諳知鳥怎樣展翅飛翔，花怎樣在凌晨開放。必須能夠懷念那些遙遠地區的路徑，偶然的邂逅，無可迴避的離別……只是懷念這些還不夠，必須學會保持回憶……只是回憶還不夠，必須學會忘掉它們，當它們過量的時候。然後學會耐心等

詩人里爾克

候它們回來。」

「所謂靈感，夠具體了。怎麼聽起來，詩是旅程哩。」

「經驗往往是旅程。」

「原來等待靈感，要儲備積聚那麼多的知識體驗和歷煉啊？」

「每個創作人都是拓荒先鋒。他們要闖無人闖過的關口，嘗試越過人跡罕至的高崗，披荊斬棘，走出自己的路徑。因此開路先鋒舉凡上山下海攀岩種種體能鍛練、野外求生技巧操演、天文地理森林海洋動物植物知識的吸收等等，豈能躲得了？對鍾情創作的你，寫景敘事抒情的演練更不在話下。閱讀對你而言，不就像呼吸一樣自然？也無須被迫才找吃的呀！」

「也對。」

「詩人說，只有當回憶失去名稱、跟我們化為一體，變成我們的血液、視覺、姿勢的時候，才可能在一個罕有的時刻，從它們中間，升起一句詩的第一

個字。」

「嘩！這句話有點難懂。」

「它是指吸收、消化、沉澱的過程。很多少年囫圇吞幾堂寫作技巧，就夢想成為一個作家。這是一趟需要付上時間、心力代價的旅程。」

「我明白了。從里爾克心中升起一句詩的第一個字到底是甚麼字啊？這個字一定閃亮如金子，丟到地上清脆好聽。如何等到那稀有的時刻來到呢？」

「你會知道的。」

我說，與其談靈感，不如談意念。

意念如一小片雲從遠方海面升起之際，不過巴掌大。很多人不以為意或留意了卻輕易放過，甚至不耐煩走開了。你卻惴惴不安，目不轉睛地凝望；你等待，耐心地等待。你認出這是朵雨雲，它將爆發不可思議的能量。你從午正追蹤到傍晚，那朵雲緩緩飄過來，愈滾愈大。你剛喝完茶，眨眼間，天空漆黑

一片，巨大的雨雲如同燒沸的水傾盆而下。雨雲，走完了它的旅程；你，完成了作品。

　　忽略了那小小的意念（也許它不再出現），作品可能流產。

二

　　梁秉鈞一首詩就叫〈寫一首詩的過程〉，描繪「有那麼一個女孩子／打算喝掉面前這杯咖啡／然後寫一首詩」，表面上是持續無聊等詩的過程。她喝的是「苦澀如夜的黑咖啡」，創作和等待有時不就如喝一杯苦澀的黑咖啡嗎？

> 對窗終夜的牌聲響亮
> 街尾麵攤旁的舞女和夜歸男子
> 嘩笑然後吵罵
> 今夜還沒有人在那裡打架

甚麼事也沒發生，只有一些雜音雜念。於是「**她給咖啡加顆糖／加一點牛乳……**」那要來還未來的詩呢？似乎有甚麼在一點一點加添一點一點靠近，那要來卻未來的貴客（或美人）呢？只聽樓梯響，卻不見半個影子。

> 偶然一輛警車駛過
> 醉漢去拍木料店的門
> 她專心注視
> 要寫這生活的戲劇
> 然而甚麼也沒有發生

　　周遭的動靜對詩的醞釀似乎無濟於事。女孩畫一頭胖胖的貓，再喝一口咖啡。她耐心等待。「**看寂寞趕來的街道／想最好有一點微雨／滋潤這街道，並且閃光／如一朵朵在黑暗中綻開的花**」，她期待意念綻放如花，然後她睡著了，她原期待微雨的滋潤和閃光。「**這時街上來了一輛洗街的車子／終於把街道變成潮濕**」，乾涸的詩原終於潤濕。詩人在寫一首詩醞釀的過程（或旅程）。

　　「究竟那睡著了的女孩至終捕捉到意念寫成了詩嗎？」你問。

　　「也許她在夢裡潛意識深處，跟詩抱個滿懷吧？」我回答。

三

　　我說，創作的意念有時在潛意識裡孕育、躍動，許多渴念、期待，在那兒自行排列組合，那裡真是一個隱秘的宇宙。那些創意的種子，彷彿開在極黑極深的夜裡的荷花或百合。它來自痛苦的深淵，亦來自快樂的汪洋。我們的心給荊棘割裂給北風刺透，亦給春風治愈給秋雨撫平。

有個女詩人寫了一串荷詩，描繪一種「吐血的令箭荷花／開在六月無聲的／沉沉的的、悶熱的／看不透的夜的黑暗裡」，似乎隱喻昔日的夢魘傷痕，她同時驚嘆張大千的墨荷「彷彿永不會凋零的杯，盛滿開花的快樂」。

莫內（Claude Monet）筆下的荷花開在深夜的雨霧裡，幽幽隱隱。梅卓燕曾為城市當代舞蹈團編舞，《夢裡的故事》其中一段夢百合的小品，意態意境與莫內神似，都發生於看不透的黑暗裡的故事。一朵朵百合（舞者）沉浸於極度隱秘的快樂裡，陶然忘我；她們燦開在無人的雨夜，出現於深沉的夢裡。莫內的荷花則沐浴在黯淡的光暈水色樹影幢幢的世界裡，白荷沁入黯紫微青的色調。

創作的歷程，是完成自我生命的歷程。你彷彿走過一條長長的走廊，你叩敲每扇窗，它們的名字是：鬱悶窒息孤獨快樂。

意念成熟需要時間，無數晨昏孤獨的等待：如同黑夜等待黎明、產婦等待陣痛後誕生的嬰兒、農夫等待播種後的豐收。

詩人兼畫家席慕蓉為了一句詩一幅畫，她去等待一朵花的綻放。照里爾克說的，僅僅要知曉花怎樣在凌晨開放。她乾脆選擇一個夏天，一個人跑到印尼一個島上，靜靜守候一朵荷的成長。

這股傻勁對整天守候在網絡前的少年人來說，簡直不可思議。

她每天早上都去端詳荷，看著它逐漸轉色，花瓣從蓓蕾待放到微綻到盛放再到凋落。彷彿看著一個生命從青澀少年，逐漸逐漸走到最後。在池邊，她靜靜地觀察和記錄，試著畫出每一個轉折和每一個段落的差異。表面上這跟植物學家精密的觀察記錄幾乎沒兩樣。科學研究、藝術創作，同樣需要付上耐性、專注。一個夏天過去了，她出版了一本詩集，每首詩襯著一幅幅線條精細千姿百態的荷花，令人屏息。

席慕蓉帶你從一朵花的默觀，透視大千世界的莊嚴華彩。

四

　　每個詩人要帶你遊覽他們的花園，總有不同的策略。

　　席慕蓉用一整個夏天陪著你賞花：靜靜看一朵荷漸漸綻放，慢慢凋零；看她的燦爛，看她的腐朽；看生命榮枯的過程。一朵荷就是她的全部教材。

　　你要寫一首詩嗎？從觀察一朵荷開始。

　　意念產生，來自觀察審視凝眸。不是她看荷花的嗎？後來她發現是荷花在看她，她終於用荷的眼睛認識荷，走入荷的生命、世界，經歷了她的生死大典。她的作品從醞釀至成熟，是經驗，也是旅程。

　　王良和在一首組詩〈柚子三題〉裡用的策略與席慕蓉近似。他用許多時辰陪你靜候一棵柚子樹的成長。照里爾克的說法，僅僅要知道果實是怎麼結成的。你說，詩人都有股傻勁。可不是？不同季節不同高度不同生存環境，到底造就了甚麼顏色、形狀的柚子？科學家的審視觀察、哲學家的思考、創作人

的心態，各種法寶全都用上了，並理出了他個人的人生觀、價值觀、創作觀體系。

從一棵柚子樹的默觀，覺悟到不同的生存哲學和詩觀。同樣以小窺大。一棵柚子樹就是他的全部教材。

你要寫一首詩嗎？去觀察一棵柚樹。詩人說。

他如何〈觀柚〉（第一題）呢？

「路上，我常停下仔細審視的／是株柚樹挺在金陽下……」首先他審視（整株柚樹），全景。「正因為常向這靜止的生命凝眸／禁不住曾偷偷／於低枝擷下一個……」繼而凝眸（靜止的生命），近距離特寫鏡頭。採擷一個（捧於掌中），從觀賞進而動作，認識漸增。「一刀落向果心／……而果肉／小不起眼卻如雪亮的眼睛看我」從外觀審視轉為內裡洞視。不是他觀看柚子的嗎？怎麼變成柚子在看他？他得用柚子的眼睛才能認識柚子呀！

一隻變形的柚子讓他思索〈孤柚〉（第二題）的意志問題。

他觀察「一樹纍纍的果實各自爭取／充足的陽光和雨水／高枝上佔據／最有利的位置／不經意膨脹成優美的圓形……」留意詩人的用詞：「膨脹」、「優美」，而高枝的柚看起來也「壯碩」、「堅實」。詩人究竟是褒還是貶？「尷尬的對比是那羸弱的柚子／孤懸於低枝一角／邊遠的枝條／養份寒寨傳遞……一如罪臣流放於邊疆……」低枝的柚居然扭曲成梨子形狀，它的命運只宜掉落或者枯萎。然而微雨中它從容對著啁啾的小鳥吐納。「潛藏的剛強默默忍耐／等秋風把墨綠吹成金黃／一樣的成熟，一樣地飄香」。原來外表變形的柚子有著頑強成熟的生命，時間會替它證明。詩人言外之意：做人、寫詩，宜取法這隻外表樸拙內裡豐實的柚子吧？

生命成長，是詩永恆的主題。

詩，豈非經驗、旅程？

五

　　梁秉鈞的策略總是帶你到處走到處看，看山看水看鳥看無盡的風景。

　　他是很好的嚮導，帶你怎樣看人生的風景；同時暗示詩是怎麼逐漸從花蕾綻放開來的。你無聊的話，就跟他東逛逛西幌幌吧。

　　照里爾克説法，為了一句詩，你要諳知鳥怎樣展翅飛翔。除了去看鳥，還有其他途徑嗎？

　　你就跟著梁秉鈞一道往〈動植物公園看鳥〉吧，首段觸目盡是「灰灰藍藍／一大群／維多利亞冠鶴／穿著補綴過的／笨重的衣裳」，你咕嚕著有甚麼看頭呢？然而「在牠們中間／閃出一頭巴西紅鶴／噗噗地拍動火焰的翅膀／飛高了」，在一大群不起眼的灰鶴中「閃」出的一頭紅鶴才是重點，灰鶴是鋪墊的背景。

　　第二段「泥濘旁邊／一團棕色」甚麼東西呀？「一團棕色的白胸翡翠／忽地展開嫩藍的翅膀和白色胸膛／在天空中劃一個弧」哇！泥濘旁邊一團棕色的東西一展翅竟然驚豔。

　　第三段「那麼多的泥濘／整個下午／站在這兒等待／一頭天堂鳥／展開牠／色彩斑斕的翅膀」，整個下午在泥濘中等待的是一頭天堂鳥的展翅，不悶嗎？

　　這首詩至終寫的是等待。靈感、意念就如詩中那一隻隻鳥：有時在你出其不意之際忽然展翅，帶來驚喜，讓你驚豔；有時卻需要你用整個下午枯等。

　　詩人帶你去看鳥，要你等待甚麼？等待牠們展翅的一刻，正如那個寫詩的女孩等待一朵朵在黑暗裡綻開的雨花。

　　有部紀錄片拍了很多難得一見的珍貴鏡頭，如兩隻鳥接吻啦、老鼠把尾巴伸進溪水裡釣魚啦等等。有人問導演：「你怎能拍到這些鏡頭？」答曰：「秘訣是等。花不開，你等它開；鳥不叫，你等牠叫。」

六

　　有時你一不留神，意念彷彿忽然閃出的一頭巴西紅鶴，讓你驚豔；但更多時候它有如那一頭天堂鳥，讓你等了整個下午。忽然閃現令你驚豔的意念是一般所謂的靈感，天賜的禮物。然而你不踏足公園，也不會有這麼一場邂逅。等待，需要時間的經營，你知道總有一刻鳥會飛，花會開，柚子會成熟飄香。不論詩親來造訪，不費你吹灰之力；還是要你登高涉險來尋她，費你九牛二虎之力。你體驗到一種奇妙的情愫在你心懷蕩漾：嚮往、渴慕、深情，有如愛戀，只要她出現，管它多漫長的等待、多辛苦的覓尋，一切都是值得的。經常在詩徑上徘徊的人，在他出其不意之際，詩豈不給他忽來個驚喜呢？驀然回首，她不就在燈火闌珊處嗎？

　　等待中你養神，等待中你思考，等待中你反省，等待中你閱讀，等待中你散步，等待中你旅行，等待中你觀察，等待中你凝視，等待中你傾聽。你等待修復、醫治、友誼、歡笑⋯⋯

　　意念一直在那兒，在你胸口、喉頭、腦袋的一個角落。它是種子，由醞釀至成熟，有段旅程。由意念的種子到收穫文字的果實，其間有無數尋覓、修剪、調校的過程。

　　不錯，詩是經驗，詩是旅程。

　　你說，你得趕回家，跟掛在晾衣房裡的籠中雀聊聊天，吹哨音給牠聽。還得用手撫慰陽台上一排花草，道個晚安才睡。

意趣 作品尺寸：80X117cm

給跨越視界的少年

他從莊園被偷賣至異鄉
從養尊處優的王子淪為被凌虐的奴隸
在蠻荒世界學會肉弱強食的生存法則
透過聖伯納犬的的眼界
你從文明世界跨越到野性的世界
你還走入西西的文字遊戲王國
一顆椰子樹可不可以說一管椰子樹
一杯阿華田可不可以說一畝阿華田
看哪一畝阿華田上樹立一管一管椰子樹
你在樹上吸食椰子汁
看哪滿桌一顆又一顆火龍果
竟成為一尾又一尾跳躍的魚兒
閱讀，是跨越的旅程
品畫，拉開全新的視野

八 跨越

——給開闊視野的先鋒少年

一

　　你抱著剛新鮮出爐的《野性的呼喚＆白牙》，傑克倫敦（Jack London）兩部力作新譯合訂本，眼裡放射出一個少年預備出發去探險的光芒：興奮、期待、躍躍欲試。我說，你已讀了不少稀釋本、改編版、濃縮本的名著，我提議你讀全譯本伴隨優美的原文齊頭並進！你暑假接受了這個建議。

　　你曾吃太多精製煎炸食品影響健康、精神，我建議你吃五穀雜糧新鮮蔬果改良胃口，你果然吃出了原汁原味的好。

　　你跟我討論創作上的觀點與角度。我說，全新的視野來自跨越，肯離開原本的位子，走出安舒的環境，放下慣性的看法，近距離看遠距離看，仰觀也罷俯視也好，新世界必然在你眼前伸展。

　　視野因跨越而開闊。跨越，正是歷險的必要動作。

二

　　如何瞭解蠻荒世界的生存法則？離開養尊處優的城市生活。

　　如何瞭解北地黑暗酷烈的淘金人生涯？傑克倫敦以如同王子淪落為奴隸的一隻聖伯納犬觀點切入。

　　安於現狀，可以輕輕鬆鬆過日子，在自己地盤上稱王，卻不思長進、難於突破。巴克（Buck）要待至從法官大莊園、陽光明媚的大宅院，被偷賣到異鄉，才充分發揮出牠聖伯納犬的潛質本色。牠歷盡凌虐，才體驗出蠻荒世界弱肉強食的生存法

《野性的呼喚》

則，從文明的美夢中驚醒，強悍起來，在荒野中再度封王。

　　你稀奇《野性的呼喚》的主角不是人類，而是一隻狗，小說以擬人化的動物觀點敘事。狗的眼界下是怎樣的一個世界？你家後院養狗，你愛犬如命，所以很快就融入巴克的世界，以牠的眼光看北極荒野形形色色的淘金、伐木、拓荒工人。其實傑克倫敦筆下所展示的人性荒野，和動物弱肉強食物競天擇的世界不遑多讓，同樣慘烈。

　　優美抒情的調子往往穿插於凶殘冷酷黑暗面的諷喻之中。末段就是以抒情的旋律終筆的。

當漫漫冬夜降臨，狼群們開始追隨獵物到低谷，牠便會跑在隊伍的最前頭，穿越蒼冷月光或稀微的極光，雄偉的身軀飛馳在同伴之上，粗大的喉嚨發出轟隆轟隆的響聲，吟唱遠古的曲調、狼群的旋律。

　　點出了野性呼喚的主題。

　　究竟傑克倫敦如何能寫出像《海狼》、《野性的呼喚》、《白牙》全以奮鬥求存為題的作品？跨越。當許多九歲孩童衣食無憂依偎母親懷裡，他卻開始做苦工，十四歲被迫輟學，做過水手、漁夫、碼頭工人、水警、軍人、強盜、乞丐、遊民、拳擊手，也蹲過牢。二十歲一趟阿拉斯加淘金行，開拓了他嶄新的視野，這也是他一系列北方流浪冒險故事的緣起。你去訪查古今小說家好了，他們的生平無不充斥著漂泊傳奇，往往為他們儲備了豐富的創作資源。

　　你的表情黯淡了下來，囁嚅道：「那我無法寫小說囉？」

　　我不禁失笑：「那就去創造你的傳奇啊？你的閱讀不就是跨越的一個動作嗎？以豐富的閱讀開闊人生多向度的眼界，補你閱歷的缺憾。」

　　有人向外太空開拓科幻題材，往宇宙洪荒勘探；有人向人性內裡意識流鑽探，往心靈世界開發。都是跨越。

三

　　「甚麼是跨越啊？」你讀中一的弟弟一旁聽了似懂非懂，從漫畫堆中抬起頭忽地愣頭愣腦問。

　　「用想像力衝破老生常談，衝破約定俗成，衝破慣例公式。懂嗎？」我套用《實用想像學》作者美國奧斯朋博士的話，向他當頭一拋，他眨眨眼，我們笑了。

　　書中提到，當一般電影都在表演男性老闆墜入女性速記員的情網時，一位編導讓男性成為速記員，女性是老闆。老闆對

速記員一見傾心，拚命追求，讓「他」來坐在「她」的膝蓋上速記。一部鬧劇的靈感由此展開。

你笑了，你弟依然呆望著我，我只好給他念一首詩〈可不可以說〉（西西）。

可不可以說
一枚白菜
一塊雞蛋
一隻蔥
一個胡椒粉？
可不可以說
一架飛鳥
一管椰子樹
一頂太陽
一巴斗驟雨？
可不可以說
一株檸檬茶
一雙大力水手
一頓雪糕梳打
一畝阿華田？

（詩人在跟我們玩聯想遊戲，玩得不亦樂乎。你弟的嘴角微翹，開始掛起小太陽，似乎進入狀況了。）

可不可以說
一朵雨傘
一束雪花
一瓶銀河
一葫蘆宇宙？

（這裡漸入美美的童話神話樂園，宇宙銀河竟在一瓶一葫

蘆的掌握中，顯然已抓住你弟的眼神。）

> 可不可以說
> 一位螞蟻
> 一名甲虫
> 一家豬玀
> 一窩英雄？

（你和你弟忍不住笑出聲。）

> 可不可以說
> 一頭訓導主任
> 一隻七省巡按
> 一匹將軍
> 一尾皇帝？
> 可不可以說
> 龍眼吉祥
> 龍鬚糖萬歲萬萬歲？

想像的空間一開發就不可收拾，你們已笑成一團。

詩人以動物量系詞套在權威人物頭上，達到誇張滑稽的漫畫效果，這就是跨越。小孩尤其心領神會。詩人穿梭於童心之間，以孩童的角度看世界，這就是跨越。思路拐一拐彎，換一換觀點，改變一下熟悉的講法，創意由此而生。

四

一個編劇家有一回突發奇想：地球上奇醜的男孩，是否外星人眼中絕美的男子？結果一齣異想天開的科幻電視片出爐了。

片中一名科學家的兒子長期禁閉在家，與世隔絕。他簡直要瘋了！然而誰見了他沿著頭殼至鼻端櫛突的稜角厚繭都會嚇暈。有一回外太空發出電訊：要以一名他們星球的公民，交換地球人類，以示友好。有誰願意孤身給送往無限遙遠的宇宙盡頭一去不回？無人自動請纓。這個快瘋掉的男孩向父親吼道：寧可往星際闖蕩，也不願待在這冰冷的地球上。兩部太空船在星際間接軌了！長長走廊的一端，被輸送的地球青年一步一步走向未知的命運。只見外星女孩驚嘆地交頭接耳：嘩！地球竟然派給我們如此俊俏的男生！他發覺外星女孩沿著頭殼前額鼻端全長了跟他一模一樣的櫛突稜角！他跟交換的外星男生擦肩而過的剎那，吃了一驚！原來對方長相竟與地球人無異，是另類痛不欲生被自己星球所拒絕的奇醜生物！

兩人各自在對方的星球上找到了認同與歸宿。

五

〇五年香港書展，聽龍應台演講《如果我是香港人》，她提到視野的跨越、觀點的穿梭。

你坐在草地上欣賞湖邊的白楊樹，你可以老老實實寫篇散文，可是你想寫成詩。於是你把岸上實景看成虛，把湖中倒影看成實。

你俯視遍地青草，蟲蟻忙得很。你想像自己變成芝麻大的小人，走進牠們的世界，蟻窩變成怪獸洞穴，青草變成莽莽叢林。《格烈佛遊記》的小人國歷險記、大人國歷險記的有趣鏡頭，不就一幕一幕活畫在你眼前嗎？

你可以從外頭看權力機構，也可以從內部看權力機構。

水蟲看東西都扁平化，你如何立體地看事物？

你也可以把局部看成全部。

一個自閉者的精神世界又是怎樣的？

短篇小說〈紅木馬〉的敘事觀點是從發育不全的四歲孩

童眼光出發的。作者蓬草嘗試跨越。孩子到了四歲仍不能以成人語言說一句完整的話，成人眼中的自閉兒童精神世界是怎樣的？他無法與被男人拋棄依然執迷不悟的母親有真正的溝通。這是他從遊樂場上的紅木馬摔下來之後靈魂的獨白。他以純真的眼光，從生死的距離，洞視成人世界愚蠢的固執和虛偽。

看（或認識）人生、看自己、看他人、看城市、看國家、看地球，要看到真相、看出全貌，必得拉開距離，需要跨越。

六

跨越，的確需要借助想像的一對翅膀。

有時它來自遊戲。有一天，史蒂文生陪孩子玩耍，童心大發。他畫了一幅地圖，一個海島，有鋸齒形的海岸，逗孩子高興。他在地圖下面寫了三個字：金銀島；這本名著的人物、情節就在他眼前出現了。

旅程的村莊(Siu Ching)

有時它來自散步。梭羅、魯益師都花很長的時間散步。魯益師筆下小說的場景，莫不來自他足跡所至的壯麗山河。

　　時它來自旅行。劇作家奧尼爾、小說家海明威，無不從旅行支取寫作的靈感。海明威往歐洲旅行，生產了以二次世界大戰為背景的長篇小說《戰地春夢》、《戰地鐘聲》等。

　　詩人梁秉鈞沿台灣海岸線旅行，寫下〈旅程〉。

　　每個黃昏來到一個不同的小鎮

　　（你心想，這段旅程跟任何旅程有甚麼不同呢？）

　　一天向著夕陽駛去
　　另一天背著夕陽

　　（風景不外是海水、稻田、煤礦的台車、矮房子，沒甚麼大不了。）

　　一天看見一個長滿樹木的小鎮
　　另一晚來到一個漁港

　　（景致不再單調，他們在海邊找尋漁火，在路旁看人們默默插秧、敲打鐵器。）

　　在竹林後面發現
　　最長的海灘
　　在遙遠的步行後看最高聳的瀑布

　　（他們有了新發現。之後他們更改行程轉進分歧的道路，在沒聽過的地方住宿。醒來再背起背囊走四公里路，與陌生人談話，旅程的內涵愈來愈豐富。到底他們旅程期待的是甚麼？

找尋的是甚麼？）

> 我們倚著靠椅睡去
> 又再醒來
> 唱歌、談話、喝一杯茶
> 找尋更壯大的樹木
> 更巍峨的石崖
> 找尋更高聳的瀑布
> 更漫長的海灘

七

懷著渴慕、期許，往陌生未知之地進發尋寶，為的甚麼？跨越。跨越熟悉的環境，突破既定的視域，結果看到最長的海灘，最高聳的瀑布。親愛的少年，繼續跨越，為的甚麼？為找尋更壯大的樹木，攀上更巍峨的石崖，觀賞更高聳的瀑布，徜徉於更漫長的海灘上。

街角 作品尺寸：78x70cm

給走訪街頭的少年

做記者抑或專業創作人你不確定
好歹寫好這篇故事
得有血有肉有憑有據
搜尋資料加實地專訪
創作先學做人
做領袖先做僕人
嗯緊記營會導師教誨
走訪老街
破敗街角落漠老人背後矗立現代巨廈
觸目驚心
「我要跳樓死！」
老人的尖叫著實令你驚嚇了一陣
鏡頭下你捕捉到新移民空洞的眼神
升斗小民掙扎求存卻活得滿有尊嚴
你學著閱讀我城我民
打自心田湧流出一股清泉
名叫悲憫

九 雕鑿

——給走訪街頭的悲憫少年

一

　　你對未知的明天充滿期許。

　　為了寫個故事，寫篇報道，你開始學習搜集資料，大量閱讀，跑圖書館，實地專訪。將來做記者？專業創作人？你不確定。但你領悟到一個道理：書寫的動力，來自對生命的熱愛。而文字，盛載了生命、歷史的重量。你先是賞著、玩著、撫觸著，甚至嗅著、舔著、嚼著，到後來終於吃出味來。你說，若要一生相依為命，得裡外把它識透，不愛它吃它怎麼行？

　　對生命、大地、城鄉的閱讀，也納入你日常操練的課題。

　　你羨慕同學能隨專業醫護傳道的父母，前往巴基斯坦阿富汗做志工；亦挺嚮往能參與國際流動建設機構的同學，前往邊遠地區痲瘋病院，幫他們油漆房子。你終於在暑假參加了國際青年領袖訓練營，其中一個環節是「城市拼圖」，你和來自世界各地的華裔青年分成十二組，前往深水埗、石硤尾、油麻地、佐敦等街頭採訪，用鏡頭、文字捕捉所見所聞，回到營地後各組絞盡腦汁盡情演繹表述，嘗到共同創作的樂趣。

　　你們大部份來自中產家庭，衣食無憂，爹媽把你們放出來交給導師，是冒險，也是極大的信任。你們像出了閘的猴子，誰知道你們聽不聽教？

　　你們同出共進，似乎甚為投契，卻也免不了磨擦。導師說，怎能不忍讓點呢？要做領袖，先做僕人；學習創作，先學做人。你聽了覺得蠻新鮮。

　　那晚「城市拼圖」各組傾力合作演繹，你們捕捉到市井生活之一斑。

二

　　你跟大伙在街頭走一遭，眼珠搜索著，如同獵人尋找獵物。

　　有四組分派到石硤尾，接觸多半老人。有一組鏡頭捕捉新舊建築強烈的對比，不為人留意的角落一個落寞的老人背後，是現代新式建築物。

　　有一組跟一位婆婆聊天：

　　「你對目前的生活狀況有甚麼感覺？」像記者一板一眼訪問名人。

　　「我想跳樓死！」老人尖聲叫嚷，令組員驚嚇了一陣。

　　陪伴她的有兩位婆婆。因著她們的支持，令這個單身老人活了下來。她們收藏很多棉被、衣物，等著捐出去。

　　有一組先在下村訪問一位婆婆、中年婦人，她們是姑姪關係。老人心臟病發，姪女從國外飛回探望。老人很多孫，姪女卻嘆息對姑姑愛莫能助。後在上村訪問一位從烽火戰爭年代熬到今天的婆婆，她一生悲苦，吐了很多苦水。看更總是依時依候前來拍門問候關心。

　　三組前往深水埗訪談的鴨梨街老人則別有一番風景。一組遇到拾荒的婆婆，她撿紙皮自力更生，住了六十幾年老舊陰暗的祖屋，還賣雜貨（舊麥當勞玩具、舊電器），一隻老貓陪伴她，很樂觀。另一組遇到做清潔工的阿嬸，她不肯讓年輕人用相機捕捉她風霜的臉孔，結果鏡頭下出現她手拿掃帚、腳邊一堆垃圾的下半身奇特照片。她硬是不肯拿政府綜援，自個兒獨力供大陸兒子讀夜校。這組以「城市蘑菇」意象喻深水埗，鏡頭下的攤檔張開七彩形形色色傘帳，蔚為奇觀。另一組捕捉的是中年新移民「空洞無靈魂的眼神」（組員的譬喻），樓下充斥垃圾，樓上垂下來藤蔓植物。

　　油麻地三組亦帶來奇景。店鋪鋪主多半瘦削老人，大熱天吹著風扇。

「這麼熱的天做生意辛苦嗎？」

「還用問？當然辛苦。」

「為甚麼？」似乎繼續問廢話。

「我不做，誰做呢？」老人沒好氣。

一組買了一袋橙，預備當見面禮。

「伯伯您好！」公園搭訕被拒，伯伯不瞅不睬。

「天氣熱啊，吃點水果吧。」

伯伯眼睛有了光。

一組跟廟街賣玉器老人搭訕，對方裝聾作啞。組員不放棄，繼續瞎聊，還請對方吃東西，冰山漸漸融化，肯聆聽，話也多了。

佐敦兩組。一組跟玉器街婆婆周旋，對方就是不肯接受訪問。

「給我五元！」對方開口議價提條件。

「成交。」爽，交易達成。

一對老夫婦靠政府生果金過活，在巷弄開髮型屋，一次洗髮加修剪收港幣五十元，每天三餐不超過七十塊錢，精打細算。他們喜歡到街坊小酒樓飲早茶。四塊八一碟炒米粉，六塊八一盤通心粉。安份過日子。

三

你說，街頭巷尾只是浮光掠影走一遭，除了目睹大城市貧富懸殊的一景，也感受到升斗市民生命柔韌的一面。儘管他們掙扎著過日子，卻活得滿有尊嚴。

你明白到一件事：生活，跟閱讀、喝茶一樣，得慢慢品嘗，才能嘗出箇中滋味。你得好好閱讀你所生活的城市和其上老老實實過日子的父老子弟。

「得學如何閱讀我城我民。」你的眼底有光，是燈的反射還是淚的晶瑩？我分不出來，卻讓我些微悸動。少年的覺醒豈容輕忽？

四

你說，王爾德（Oscar Wilde）〈快樂王子〉（The Happy Prince）主角生前不知人間疾苦，在王宮裡無憂無慮過了一生，死後成為聳立城中的雕像，看盡世間苦難，才作種種補贖。我說，這就是童話嘛。你說，王子的眼睛死後才開啟，並滴下溫熱的淚。快樂王子其實不快樂。我說，這是故事的諷喻。悲憫是苦難中綻開的花。王子是死而後生，他死後才真正活過來。他生前隔絕於貧苦百姓生活空間之外，對人間冷暖毫無知覺，空有王子虛銜；他死後才感受到他們的痛癢，成為真正的王子。

你說，安徒生（Hans Christian Andersen）〈賣火柴的小女孩〉（Den Lille Pige med Svovlstikkerne）主角真可憐，快樂王子若看到她的悲慘：冬夜裡大雪紛飛賣不出火柴、怕回家挨父親的打，豈不叫燕子把他劍柄上鑲的紅寶石啄去給她，她就不至於凍斃餓死街角了。我說，燕子的確替王子送過鑲在他眼珠上的藍寶石給賣火柴的小女孩。只是世上賣火柴的小女孩太多了。你說，〈賣火柴的小女孩〉不像童話，因為安徒生讓可憐的小女孩死去。我說，這篇故事更像短篇小說，而且是傑作。最動人的是小女孩擦亮她手裡的四根火柴看到的四幅美麗幻景。

點亮第一根火柴時，

小女孩覺得自己就像坐在火爐旁一樣，銅做的爐芯，鐵製的提手，一切都是亮閃閃的。火燒得那樣暖、那樣美！

剛伸出一雙腳，火焰忽然滅了。她劃了第二根火柴，彷彿有個餐廳：

房間桌子上鋪了一塊白得發亮的桌布，上面擺滿了精緻的瓷碗瓷盤，有餡餅，有香噴噴的烤鵝，牠的肚子裡還填著李脯、梅脯和蘋果；更有趣的是，這隻烤鵝竟然從盤子裡跳出來，背上插著刀叉，搖搖晃晃直向小女孩走過來。

她向牠伸出手，火又滅了。她劃了第三根火柴，

她發現自己坐在一棵美麗的聖誕樹下，比前幾天她透過櫥窗見到的那位有錢商店老闆那一棵還要大、裝點得也很漂亮。它的綠色樹枝上掛著幾千枝蠟燭，還有加了框的畫。

她把手伸過去，火又滅了。

幾千支蠟燭全都向上升去，愈升愈高，最後變成明亮的晨星。有顆落下來，在天際劃出一條長長的亮光。

她劃了第四根火柴，火光中出現了祖母，小女孩撲進她的懷抱，這回似乎不是幻象。為了留住祖母，她把剩下的火柴一根根全劃著了。結局是祖母把小女孩抱了起來，在光明和幸福中飛向上帝，到了那沒有寒冷、饑餓的天國。第二天人們發現她凍死了。

五

「總之賣火柴的小女孩太可憐了！」你重複呢喃道。
「安徒生激發出你惻隱之心，作品的光芒可貴不就在這兒嗎？」

沉思的王爾德

　　我說，王爾德的《快樂王子》不也激發出你心靈深處的一絲悲憫？

　　燕子把快樂王子身上的寶石金片一一剝啄了下來，送給了小孩發燒的婦人、既冷又餓趕寫劇本的年輕人、賣火柴的小女孩、挨凍的乞丐、飢餓的小孩、窮人。冬天到了，燕子吻了王子的嘴唇就跌在他腳下死了；王子的心也裂成兩半。後來王子的雕像給放進熔爐裡，只是鉛心熔化不了。

　　上帝對一個天使說：「去把這座城裡最珍貴的東西拿來給我。」天使就把垃圾堆上王子的心和燕子帶到上帝面前。上帝說：「小鳥可以永遠在我天堂的園子裡唱歌，讓快樂王子住在我的黃金城裡讚美我。」

　　「原來上帝眼中寶貝的是憐憫的心！」你輕呼道。

　　「歐亨利（O. Henry）筆下，那畫下最後一片葉子的老人最後也死了。那個奄奄一息的女孩倒活了下來。」你忽然想起《最後一葉》（*The Last Leaf*）。

小子，看來近期你的閱讀甚有進境，大有豁然開朗的樣子。

「如果快樂王子看到這些窮途潦倒失意的藝術家，也會囑咐燕子啄下他身上的金片送去吧？」

「那當然。」你不假思索道。

「這回王子會束手無策哩！」我說。

兩個年輕的窮畫家來到紐約，碰在一塊，想闖出一點名堂，不料一個染上肺炎。醫生診斷只有一成希望，因為她毫無求生鬥志。她認定窗外最後一片藤葉掉落時她也完了。失意落魄的老畫家聽說了，結果在寒凍的夜裡冒著風雨把牆上最後一片葉子（也是生平傑作）畫下來。

「老人犧牲自己，把最後一線希望最後一線生機帶給小女孩。」

「這個老人很像快樂王子，歐亨利似乎在寫童話，不像寫小說。沒有寫出來的結局是：他的靈魂飛向上帝，在天堂的樂園裡安息。」你滔滔不絕道。

「快樂王子不能畫出最後一片葉子。老畫家以藝術和生命換取年輕女孩渴求的希望。」我提醒道。

小子，可知道很多作家心中都保留一塊淨土？給愛與希望的處女地。你心中也得護守這塊淨土啊，不論將來做詩人也罷、小說家也罷、劇作家也罷。

六

翻閱了西西的短篇《魚之雕塑》，你說：

「讀慣了情節小說，起初不明白作品講甚麼。作者很有耐性，帶你思考。我看到了她心中的那一片淨土。」你明亮的眼洞視了那一片湧流甘泉的疆城。

作品寫兩個人在嘩嘩濤聲中沙灘上漫步的一問一答。一個

人回答在倫敦如何看了泰晤士河，後來去看雕塑和畫，印象最深的是秀拉的《海浴》。在翡冷翠則看了阿諾河，後來去看雕塑和畫，包括米開蘭基羅的《大衛》波帝采尼的《春天》和《維納斯的誕生》。在巴黎看了塞納河，後來去看雕塑和畫。羅浮宮休息，上了龐比度中心，看了許多現代作品。所有作品那麼近，彷彿又非常遙遠。

它們似乎伸手可觸，卻又好像隔著重重的山。它們永遠不能給我那種感覺，那種讀一部書，聽一首交響樂，看一部電影的感覺……

我讀一部書時哭過，看電影時哭過，聽一首歌時哭過，但面對畫和雕塑，卻從不流淚……

二人來到荒涼的沙灘，終於看到非人手雕鑿的作品。

那是全身膨脹浮腫的軀體。兩隻僵硬無力的手裸露袖管末端，雙手剩下半個手掌，所有指節都變成光滑的白骨。

最後，我們看見了軀體的頭部，經過魚的雕塑，被塑造得異乎尋常地潔淨：沒有一條頭髮，沒有任何眼睛、眉毛、耳殼、鼻孔和嘴唇，也沒有一絲一縷的血肉和肌膚。魚們把軀體的頭部雕鑿得如此完美，使我們震顫不已。

它也令你我震顫。它讓我想起幾年前某日蘇門答臘海底地震引起的一場海嘯，那天正是亞齊的運動日。幾分鐘之內海上掀起黑浪黃浪如同野獸，席捲了眾海島，許多城市消失。它讓我想起莫拉克颱風大雨成災，土石流一夜之間埋沒了整個小林村，席捲許多小鎮。它讓我想起動亂年代裡，無數投奔怒海而葬身其間的難民。

作者層層排比鋪墊名家作品，不就為凸顯最後魚所蠶食雕

塑的作品嗎？作者似乎在討論大自然與藝術、藝術與生命之間的辯證問題。人間的苦難就在那一剎那凝聚在那一具軀體的骷髏頭了。

「這篇作品讓人思考，又令人哭。如何能寫出這樣的作品？」你問。

「作家心泉湧流的那一股悲憫。」

七

小子，看到嗎？那些遙遠的群山：杜斯妥也夫斯基、托爾斯泰、契訶夫、雨果、莎士比亞……有朝一日總得攀上其中一座。許多丘陵山坡的田園景致十分迷人，當然得好好賞玩。然而你必須跨越再跨越，創作的生命在歲月的雕鑿下，必日益茁壯飽滿。

攀爬 作品尺寸：56x76cm

給攀爬靈魂城堡的少年

一座座城堡高山仰止
你決意攀爬
每一部經典就是一座城堡
摸索掙扎思考咀嚼
與孤寂較力
叩訪每一扇智慧的門
你走入了心靈的宮室
參與了不可能的夢
你的詩終於燦開出花朵
在最深最黑寂寞的暗夜裡

十 孤寂

——給邁向靈魂城堡的堅韌少年

一

你原跟大伙一窩蜂地歡囂窮嚷跑啊鬧地遊戲，一個意念把你攫住，你當下就把它捧著護著。奔赴情人神秘之約似的，你溜了出來，在課室裡提筆直書。眾人以為沒甚麼大不了的事，對你卻意義非凡。為了赴這情人之約，你在腦海裡搜尋種種合宜恰當的詞彙，好向她傾訴表白，惟恐怠慢了心目中的美人哩！為討她歡心，你泡圖書館，以往認為枯燥乏味的經典閱讀修辭演練，此刻竟甘之如飴，你自己都覺得莫名其妙。彷彿來自曠野的呼喚，你走向靈魂的城堡。

閱讀是把鑰匙，讓你走入心靈的宮室。

曾有一個頑皮的小男孩，從校長手中接過一把鑰匙，那是開啟他家書齋的鑰匙。男孩赤著髒兮兮的腳站在華美的地毯上，望著四壁書架從地板到天花板滿滿是書，整個人呆了。他彷彿置身宮殿裡。嘩！一間不受打擾的私有空間，一個嶄新的世界，這是詩人、小說家舍伍德·安德森（Sherwood Anderson）孕育的搖籃。

博爾赫斯（ Jorge Luis Borges ）說：「我的搖籃是鐵矛柵欄之後的花園和一間擁有無數書籍的藏書室。」

二

你愈往曠野深處走，愈感到耳邊颯颯風聲之勁，人煙愈稀，至終只聽到自個兒的心跳聲。

你讀蒙塔萊〔Eugenio Montale〕的詩〈你們對我的瞭解〉，若有所悟：

　　　你們對我的瞭解
　　　只不過是我的外表，
　　　那是將我們人類的命運
　　　包裹起來的長袍

　　　也許在那布幕之外
　　　就是寧靜的藍天；
　　　擋住晴空的
　　　只是一個印璽。

　　　我的生活
　　　確實變幻莫測，
　　　生活的歷程猶如打開的一個土團
　　　可是我永遠不曾把它看見。

　　別說眾人對他的瞭解僅是外殼，連他自己都看不透長袍下自身的命運，當然包括了人類整體的命運。生活、創作，對詩人而言，永遠是探索的歷程。
　　就像孤雁，恆常追索牠永遠抵達不了的地平線。放棄飛行？不，地平線是牠的夢。
　　這種追索本身就是孤寂的旅程。

三

　　為了神交心儀的作家，你得減少與朋輩嘻哈戲耍的時間。為了鍛練意志，你得放下鬆脆的甜膩讀品，選擇需要咀嚼再三的經典餐單。

《葉珊散文集》

　　一個於創作途中不斷披荊斬棘的人，豈能缺少默契同行的伙伴？詩人楊牧（年輕時筆名葉珊）讀大三時「迷」濟慈（John Keats ）的詩迷了很久，讀他的全集，譯他的長詩，更在女同學群中演講他的詩，解釋為甚麼「美的事物是永恆的歡愉」。他給濟慈的書信說：「我每天都和你對話，我坐在教室後座，埋首想你的詩，你詩中的世界，你的語言、感情和美」；教完詩，還「一路想著你，一夜想著你」。

　　如此的咀嚼反芻一個詩人的詩並朝思暮想，濟慈的精神注入了他的血脈，成為他的滋養，感染他的心思，牽動他的感情。

　　「閱讀到這個地步才叫做精讀吧？」你問。

　　「重要的是找到與你性情氣質相近的作家。」我說。

然而楊牧對濟慈剖白道：「你沒想到吧，直到有一天我翻開卡繆的書，我忽然慢慢的冷淡了你」，他覺得自己蒼老了。「那少年的激情和沉湎一起靜止了。」

　　多麼荒謬啊，這世界：你的一切努力，一切經營，有一天可能付諸流水，都變得慘淡無光，你來到這世界，為愛，為聲名；而愛和聲名向大海向虛無沉沒下去了。

　　在一個下雨的冷天，楊牧想到的是存在主義作家卡繆（Albert Camus）的哲學，濟慈突然退隱了。
　　「隨著心境，閱讀的方向研究喜好會改變吧？楊牧見異思遷了。」你問。
　　「他想到理想的破滅啊，而卡繆的哲學，孤獨的吶喊，寂靜的悲哀，恰好盛載了他轉變中的心緒。」我說。
　　二十歲的少年正當對未來充滿憧憬，興致勃勃要把自己的船駛向遠洋；豈料等待他的世界只是幻象，愛情和名聲都會「向虛無中沉沒」，那時甚麼也沒有，只剩下疲倦的身心，一個平凡的悲劇，卡繆這樣詮釋了濟慈的詩，用西索費斯的神話解答全人類推進文明的荒謬和無聊。卡繆無情殘酷地戮破了二十歲少年的夢幻。事實上濟慈的人生之舟盛載的愛和聲名，正如他的詩所說的「向虛無沉沒」。
　　濟慈始終是楊牧的初愛，他寫道：

　　我想像你當年帶病離開倫敦港的時候，充滿多少希望：一艘大船帶你航過英吉利海峽，繞過半島，進入地中海，在偉莊的拿不勒斯登岸，碧藍的海水，發亮的屋宇，你遠涉重洋為了甚麼？……你只是為了健康……而你得到甚麼？你在羅馬的墳場躺下來，石碑、花朵、青草、松楸、白楊。甚麼也沒留下，就留下你的名字。「寫在水上」。

　　少年葉珊過早地品嘗了虛無、寂寞的味道。

四

你發覺幾乎沒有一個詩人不碰觸寂寞的主題。

虛無和永恆之間只隔著稀薄的門。每一顆寂寞的心都在叩這一扇門。

早逝的香港詩人溫健騮在〈永恆〉一詩裡寫道：

> 依稀是一片濕潤的綠
> 在眾山間沉默著；
> 我摔掉了所有的昨日，
> 踽踽前來，尋
> 你霧封的門
> ……
> 猶豫間，時間的長飆
> 昇自谷底，拂起
> 我驚草的髮！
> 我陡然舉手，
> 叩你底門環
> 卻只聽迴聲空空；
> 而愴然回顧，
> 生之曇花
> 已悉數落盡……

辛笛〈寂寞所自來〉最後四行面對的正是宇宙間一切未知的畏懼：

> 宇宙是龐大的灰色象
> 你站不開就看不清摸不完全
> 呼喊落在虛空的沙漠裡
> 你像是打了自己一記空

與其說溫健騮叩永恆的門環，不如說叩的是寂寞的門。背後籠罩的是瀰漫宇宙間無邊無際的懼慄。詩人溫健騮欲狠狠把寂寞捏碎卻是不能。在〈力〉這首詩裡，他跟寂寞較力。

　　風起時，繞天匝地的悲涼
　　把你裹著。孤獨是一種捶鍊
　　你想，一若火的燃燒

　　或冰的凝固。行走在七月
　　常欲穿越這時間的拱門
　　到下一個世紀

　　到那時，不知這風，
　　這孤獨，這悲涼可仍認得
　　你就是那人——　　一雙
　　在風衣袋裡的手
　　要狠狠把寂寞捏碎

五

　　早逝的詩人至終無法穿越時間的拱門，邁向廿一世紀。
　　每個詩人都得面對孤寂的錘鍊，任何人都無法越俎代庖，必得親身經歷火的燃燒、冰的凝固。與永恆拔河也罷，與寂寞較力也罷，無人可以擔代。那是獨一無二的歷煉，單單屬於你個人的；植物不懂，爬蟲也不懂，詩人心底可是雪亮的。他人或可揣摩一二，仍只是隔靴搔癢。
　　詩人沈冬〈某些寂寞〉如是說：

　　二月的籬外暮色輕輕地走過。星光
　　放逐一男子的煙葉之圍繞。

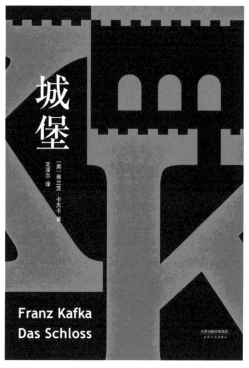

卡夫卡《城堡》

初生的上午
　　某些寂寞

牆的薄薄的冷落
　　　　某些寂寞
　爬蟲是不懂的

鄭敏深諳箇中況味，她說：

世界上有哪一個夢

是有人伴著我們做的呢？
……

在我的心裡有許多
星光和影子
這是任何人都看不見的
……

我嗅到了最早的春天的氣息
我看見一塊飛來的雨雲
這一刻我聽見報雨的斑鳩
但是因為人們各自
生活著自己的生命
它們永遠使我想起
一塊塊的岩石
一棵棵的大樹
一個不能參與的夢

六

　　你也正揣摩著源自你內心深處的孤寂：眾聲喧嘩中響自你心底的微聲。

　　你渴慕聆聽升自你心穴深處的泉聲，並洞澈自身和人類的命運圖象。我心想，連蒙塔萊都忍不住宣稱，他內裡那永不熄滅的火就叫做：無知。我們還想做識途老馬嗎？然而詩人謙沖、探索、敏銳的心往往走在時代前端，身先士卒。

　　博爾赫斯一生以詩和小說繪製源自他內心深處的圖象：迷宮。藏書室孕育了龐大的迷宮，生活是迷宮，宇宙萬象在他眼中更是巨大無邊的迷宮。他以迷宮詮釋他的時代。

　　卡夫卡一生以小說繪製源自他內心深處的圖象：城堡，迷霧中的城堡，欲置他於死地的城堡，和他對峙的城堡。

許多人望而生畏難以下嚥的卡夫卡閱讀，殘雪啃到爛熟，連骨髓都不放過。她寫下《靈魂的城堡》，詮釋卡夫卡的內心世界。她說那隱藏的、主角K一直拚死要進入的城堡，從來就屬於K自己。原來迷霧中的城堡就是人的自我意識，人所獨有的理性。只要藝術家活一天，嚴厲的自審與大無畏的衝撞式表演就不會停止。原來K與城堡之戰是分裂的人性二我之爭。

　　分裂帶來劇痛。就這樣，殘雪與卡夫卡相遇了，她找到自己獨特的創作的城堡。三十歲開始發表小說作品。

七

　　你說，你孤寂的事業與自我的搏鬥剛剛開始。
　　詩，往往在最黑暗孤寂的夜裡悄悄生長。
　　胡燕青在詩集《摺頁》裡說：

我的詩雖在黑暗裡生長
卻比意志更接近光

　　詩人的言語往往令人深思。
　　祝福你！願你創作的花朵燦開在最深最黑的暗夜裡。

參考資料：

蒙塔萊著，呂同六等譯：《蒙塔萊詩選》，台北：桂冠圖書公司，1994。

古蒼梧、黃繼持編：《溫健騮卷》，香港：三聯書店，1987。

葉珊著：《葉珊散文集》，台北：大林出版，1969。

辛笛著：《手掌集》，上海：詩創造社，1948。

羅英、沈冬合著：《玫瑰的上午》，台北：現代詩社，1961。

沙漠的玫瑰 作品尺寸：56x76cm

給尋覓創作信念的少年

滿腹珠璣精研韻律掌握最深奧的隱喻
能成為時代歌手否？
無法激起士兵抓起弓箭
讀者毫不動容血流並未加速
文字並非手中雜耍啊
詩人對文字漸有敬畏謙遜之心
作品有了懸念妙趣榨出汁了
時間冉苒他逐漸認識文字的神聖
文字塑造了他
他成為降服於文字的人
他的言說改變了歷史
君王的命運
你驚嘆詩人筆下的傳奇
一生秉持的創作信念
一句話
玫瑰從灰燼中復生

十一　結局

——給尋覓沙漠玫瑰的壯志少年

一

萬物有始有終。故事有開場，就有結局。這似乎是天經地義的事。

「起初上帝創造天地。……上帝說，要有光，就有了光。」創世記開宗明義道。

你問，上帝既然是萬物的源頭、人類故事的始創者，那麼必然也是人類故事、宇宙萬物的終結者吧？

你初次聆聽言說的力量，眼底有了光。你從來愛聽人家說故事，聽著聽著，有一天你說，「我也來說故事。」而「我的故事如何走向它的終局？」

二

十一月十四日下午你在香港中央圖書館演講廳聽小說家畢飛宇和詩人陳黎的演講：《我和哺育我的世界》。

畢飛宇說，「哺育我的世界在嘴巴裡頭。」你的耳朵豎起，起初哺育你的世界，不正是母親嘴裡的床邊故事嗎？

他生於六十年代破落之家。兒時冬夜裡八點鐘油燈就滅了，父母在床上開始回憶以往小康生活。母親形容當年穿的美衣、用的瓷器、屋子疊屋子的所謂「樓」，夾在父母中間的小不點聽來無異天方夜譚。日復一日，他發覺父母無形中給他建立了一個世界。陽光底下有一個他們嘴巴裡頭似乎虛擬、遐想的世界。究竟這世界是真的，抑或父母口中的世界是真的？他

感受到一股力量：言說的力量、敍事的力量，可建立虛構的偉大力量。他立志要做個有深度、強而有力的敍事者，說有意義的話，寫有意義的字。

你微笑，說，我的宏願是，在我有生的年日，我也要說有意義的話，寫有意義的字。

三

你聽母親說過一則法國童話故事：偏縱長女的寡母，讓幼女天天幹粗活。一天一個窮女人在泉邊向小女兒要水喝，她立即洗淨水罐，在泉水最清澈的地方打水，遞給那女人。那女人說：「你開口說話，每個字都會有一朵鮮花或一塊寶石從你嘴裡落下來。」惡母發現幼女嘴裡冒出玫瑰珍珠鑽石，目瞪口呆，改差大女兒打水去。大女兒對前來討水的一位貴夫人，除了傲慢無禮還惡言有加。她得的禮物是，每說一個字，嘴裡就爬出一條蛇或跳出一隻癩蛤蟆。這樣的結局，不就是童話的因果律嗎？

當時你的小腦袋已若有所悟：「我每天所說的話是玫瑰珍珠抑或是蟲蟻蜘蛛？」

你還聽過丹麥安徒生一則童話詩：玫瑰樹籬笆上有朵花，所有鮮花中最美的花。她對夜鶯唱的情歌無動於衷。她說：「我是從《伊利亞特》歌者墳墓塵土中發芽生長的一朵玫瑰。我太神聖了，不能為一隻平凡的夜鶯開出花來。」夜鶯死了，一個趕駱駝的商人把它埋在荷馬墳墓裡。玫瑰在風中發抖。黃昏來臨時做了個夢。她夢見一個陽光普照的日子，一位北國詩人摘下這朵玫瑰，把她夾在一本書裡，說：「這是從荷馬的墓上摘下的一朵玫瑰。」她醒來，一顆露珠滾到荷馬墓上去。太陽升起，她開得更美。這時腳步聲響了，夢中的北國詩人摘下

她，吻了她一下，然後把她帶回雪鄉，躺在《伊利亞特》史詩裡，每當他打開書就說：「這是荷馬墓上的一朵玫瑰」。

「荷馬墓上綻放的玫瑰，命運令她躺在他寫的《伊利亞特》的書頁裡。」你說。「再好不過的結局。」

四

玫瑰，往往是文學裡言說的隱喻哩。

博爾赫斯（Jorge Luis Borges）〈帕拉塞爾蘇斯的玫瑰〉的故事裡，帕拉塞爾蘇斯祈求上帝指派一位徒弟給他。夜幕降臨時，一個疲累的陌生人來敲門。

「我走了三天三夜想做你的徒弟，我把所有家產都帶來了。」

把布袋裡的金幣全倒在桌上。他左手拿著一枝玫瑰。他希望帕拉塞爾蘇斯教他技藝。他願意在他身邊走完通向寶石之路，

「即使我們必須走好多年。讓我穿越沙漠吧，哪怕星辰不讓我踩到它。我希望上路之前能看到一個證據。眾所周知，你能把一朵玫瑰燒掉，然後通過你的技藝，讓它從灰燼中重現出來。就讓我做這個奇蹟的見證人吧。就求你這個，然後我會把自己全部生命都獻給你的。」

　　帕拉塞爾不需要輕信，他苛求的是信念。

　　「你說我能摧毀玫瑰？」
　　「沒有誰不能摧毀玫瑰。」
　　「玫瑰是永恆的，只是外表改變了。我只要說一句話，就能讓你重新看到它。」

　　故事進行到這裡，這個年輕人若生出信念，結局可能改觀。說不定師傅就帶著他雙雙啟程穿越沙漠。然而……

　　「一句話？」徒弟不解。「試管的火已經熄滅，蒸餾器也積滿了灰塵。怎麼讓它重現？」
　　「我講的是上帝創造天地時所用過的工具，原罪把我們遮住而不能看見的……」

　　徒弟冷冷地說：

　　「我只求顯示玫瑰消失並重現，才不管用的是蒸餾器還是甚麼言辭。」
　　「奇蹟並不能產生你所尋找的信念。」

　　可憐的徒弟只相信眼見為實。他猛地抓起桌上的玫瑰向火中一扔。他等待言辭，等待奇跡。帕拉塞爾蘇斯平靜道：

「包塞爾所有醫生和藥劑師都說我是騙子，也許他們是對的。」

年輕人很難為情。師傅是吹牛大王或幻覺大師，而他是闖入者。他走了。

臨走前帶走了金幣。

這篇故事的結局是：

帕拉塞爾蘇斯子然一身，熄燈前，把一撮灰燼放在手中，低聲說了一句話，玫瑰又復生了。

「一句話，僅僅一句話。」你喃喃自語，然後深呼吸，彷彿嗅到帕拉塞爾蘇斯手中復生玫瑰的芳馨。

博爾赫斯對言說、文字含孕的力量始終是敬畏的。

一句話，玫瑰從灰燼中復生。這或許是博爾赫斯深心底叨念著的，創作的信念。

「我喜歡這個結局。」你說。

「當這個世界來到它的終局，你相信一句話仍能令它從灰燼中復甦過來嗎？」我問。你不解地瞪著我，似乎覺得這是兩碼子的事，豈能相提並論？一個是文字虛構的世界，一個是歷史進程中設想的必然結局。二者之間有關聯嗎？

「其實這故事的結局有些傷感，染著些許悲劇色彩。師傅心境平靜卻是落寞的。他無需向不信或輕信的世代證明甚麼，他保留他的絕活，不輕易揭示。

「他的信念依然無法傳承。盼到一個飢渴學藝的門生來敲門，但他至終跟外面世界所有的醫生、藥劑師一樣，以為他不過是吹噓之輩、幻想大師。師傅一生秉持藝術的信念，單獨跟整個世界對抗的不就是他們龐然的理性架構嗎？」

新約聖經描寫一般群眾要求耶穌顯顯神蹟給他們看，卻不信他。耶穌說，除了約拿的神蹟，再沒別的了。先知約拿三

天呆在大海魚腹中被吐出來，預表耶穌第三天從死裡復活的事蹟。

「他就如一首詩所頌的，如同給人踐踏在地的一朵玫瑰，卻勝過死亡。」

你眼睛亮了。

我說，似乎把話扯遠了。不論如何，博爾赫斯的一些作品，儘管渲染著詭異魔幻的色彩，但希伯來典籍裡的言說信念卻始終潛藏在他的血液裡。

五

博爾赫斯另一篇小說〈鏡子與面具〉的結局卻令你震慄。同樣以言說為主題，你不明白它究竟是帶來重生抑或是死亡。

一場勝仗，高貴的國王召來詩人，要他用文字銘記最顯赫的功績，歌頌他的勝利並讚美他。

「這件事能使我們兩人永垂不朽。你認為自己能不能勝任？」

「能，陛下。」詩人滔滔不絕數算自己的十八般武藝：

「我是歌手。我潛心研究韻律學有十二年之久。正宗詩歌基礎三百六十個寓言我都記誦。……我滿腹珠璣，最古雅的字句、最深奧的隱喻都如數家珍。我掌握我們這門藝術的秘密，平庸之輩莫測高深。……我精通諷刺……我會使劍……只有一件事不懂：那就是感激陛下的恩賜。」

「典型御用詩人的腔調。懂得自我吹噓，頗通諂媚之道。」少年世故的你評論道。

一九八九年版西班牙文《博爾赫斯全集》書影

　　國王給詩人整整一年時間，吩咐他每字每行都得推敲斟酌。期限到時詩人交上頌歌。他不看手稿，不慌不忙背誦起來。

　　「詩人似乎對自己作品自信十足哩。」你加註。

　　王讚許他頌歌中的意象在古典作品中都有根有據，他熟練地運用了種種修辭的技巧格律的呼應等等。「好雖好，但是毫無反應。血流沒加速，手沒抓起弓箭，誰都沒動容，誰都沒發出戰鬥的吶喊……」王賜一面銀鏡給詩人。王再給他一年時間，寫另一篇頌歌。

　　「怎麼技巧無懈可擊，卻無法激動人心？國王賜與的銀鏡又是甚麼意思呢？」你問。

過了　一九八九年版西班牙文《博爾赫斯全集》書影　一年，詩人帶手稿來了，這回他沒背誦，而是期期艾艾照念。詩的形式很怪，一些詞的用法不符合通用規則，敗筆和精彩之處混雜，隱喻牽強附會。

「這回詩人氣勢大減，並非有十足把握，不在技巧上打轉了。」你留意到一些變化。

「那是他對文字有了敬畏之心，謙遜了。」我說。

「你的第一篇頌歌集愛爾蘭古今詩歌之大成。這篇則給人懸念、驚訝，令人目瞪口呆。愚人看不出它的妙處，只配有學問的人欣賞。」國王說。

「似乎頌歌令人動容，它榨出汁來了。」我補充道。

王指望詩人再寫出一篇更高明的作品。這回王的禮物是黃金面具。

又滿了一年，這回詩人空手而來，沒有手稿。他幾乎成了另一個人，令國王有點吃驚。某些東西在他臉上刻劃了皺紋，改變了模樣。他的眼睛彷彿望著老遠的地方，或者瞎了。

「到底怎麼回事？」你問。

「以往文字不過是他手中的雜耍，他逐漸認識到文字的神聖性了。這回他觸及到創作的神髓，文字塑造了他。」我說。

「你寫了頌歌沒有？」國王問。

「寫了。」詩人悲哀地說。

「能念嗎？」

「不敢。」

國王宣稱給他所欠缺的勇氣，他念了，只有一行。兩人都沒有大聲念的勇氣，只在嘴裡品味。國王詫異震驚的程度不亞於詩人，兩人對瞅著，臉色慘白。他們發覺他們正踏足神聖的領域，該為之付出代價。國王拿出第三件禮物：一把匕首放在

詩人右手。他自己則成了乞丐，四處流浪，再也沒念那句詩。

「一句詩，竟改變了國王、詩人的靈魂和命運。」你為他們的結局、小說的結局，震懾不已。

「博爾赫斯的小說寓言成分相當濃厚。詩人在創作過程裡整個人不斷蛻變，他從耍弄文字的人成為降服於文字的人。國王的自我放逐則是懺悔。」我說。

六

你說，所有博爾赫斯小說的結局，都令你在嘴裡品味再三。女海盜金寡婦指揮海盜船隊闖蕩公海冒險十三年。王命水師討伐，海盜船隊居然把中央帝國船隊打得落花流水。中央換了丁貴將帥，他用懷柔策略。每天傍晚從帝國船隊騰空而起徐徐落到敵船甲板的，是無數用紙和蘆葦稈扎的風箏旗，上面寫的都是龍和狐狸的寓言：狐狸老是忘恩負義為非作歹，龍卻不計前嫌，一直給狐狸以保護。天上月圓了又缺，輕靈的風箏每天落到甲板上，金寡婦痛苦地陷入沉思。當月亮變圓在水面泛紅時，金寡婦恍然大悟，把雙劍扔到江裡，跪在一條小船上，吩咐手下人向帝國指揮艦駛去。精彩的結局是狐狸得到赦免，從那天起五湖四海成了安全的通途。

你希奇在博爾赫斯小說裡，一句話、一行詩、一則寓言，在他妙筆下改變了故事人物的命運。

「在他的理念裡，文字是奇妙的、神聖的，不可褻瀆的。」我說。

你陷入了思考。你說，要說有意義的話，寫有意義的字，並非想像的簡單。你分析著博爾赫斯故事的結局，正要去尋覓沙漠中的那朵玫瑰，不料發覺你的旅程剛剛開始。

空椅 作品尺寸：56x76cm

給愛倫坡少年粉絲

亞夏古屋崩塌異常驚悚
它發生在人類心靈深處
人生崩塌了
人性深處爆發恐懼
懼怕啥
夢魘謀殺被活埋失去呼吸高速墜下
他創造了地窖黑牢監獄陷坑
闖入人類靈魂的地獄冒險
挖掘人類潛意識的世界
開拓人性黑暗的迷宮
在同時代難覓知音
他的眼睛望向遙遠未來的世代
啊可以等，哪怕花一個世紀等
他等到了空谷回音
作品納入經典
他的心底擺了一張空椅
等兩百年後
讓一個少年知音坐上去

十二　心牢
──給俯視黑暗國度的偏執少年

一

　　你矢志要修讀變態心理學，大人無論如何都扭不過你。你爸的心早在你讀初小時給了另一頭家，你媽的身體後來給癌細胞蠶食掉了。你和兄姊跟著舅父舅母艱難地成長。你是個缺乏安全感的孩子，怕黑、怕蟲、怕雷電。

　　有一回你在圖書館無意間讀到愛倫坡（Edgar Allan Poe）的短篇小說，就一頭栽在裡頭，到了廢寢忘食的地步。在那詭異的王國裡，你不平衡的心靈找到馳騁的天地、想像的空間，也摸索到你要研析的扭曲心理材料、文學範本。你一向嗜讀悚慄小說，遇上了愛倫坡，從此有了一把尺，能量度文學真品與流俗行貨之別。你從希區考克、波蘭斯基、福爾摩斯身上，依稀看到愛倫坡的影子。你驚嘆只活了四十歲的愛倫坡作品，竟成為驚悚小說、推理偵探故事、科幻作品、變態心理小說的濫觴。

二

　　我說，你讀讀愛倫坡生平，看看他成長的坎坷、顛沛流離的生涯、心理狀況，如何影響了他創作的路向。

　　他父母是流浪藝人劇團的演員，有一年夏天他父親離奇失蹤，再也沒回來。他母親被迫從紐約返回老家里奇蒙。為了養活兒子，身患肺疾卻抱病登台。那年冬天，他妹妹出生。翌年冬天他母親終於離世。他和妹妹被迫分頭給人領養。領養他的是優雅善良的愛倫夫人。愛倫夫人傾注她的愛，一心要讓愛倫

愛倫坡畫像

坡成為自己丈夫的遺產繼承人，卻事與願違，養父視他為眼中
釘。

　　愛倫坡十七歲入讀維吉尼亞大學，後因養父不肯替他
償還賭債而輟學。他二十歲時養母病逝，過了五年養父過
世，卻未留分文給他。一八三五年他開始編輯生涯，並與
表妹維吉尼亞結婚，後來維吉妮亞也因結核病逝世。愛倫
坡一生與賭癮、酒癮、精神病、女人關係糾纏不清，他終
於因故被強行灌醉神智錯亂心肌衰竭而與世長辭。死前只
輕呼：「上帝，救我可憐的靈魂。」

　　你發覺你成長過程中，和愛倫坡一樣，父親是缺席的，父

親形象是失落扭曲的，你沒有可以倚附的大樹。你們同樣有偏執的性格和難以克服的某種沉溺性行為，某種癮；容易情緒失控，人際關係疏離。所幸你的人生還不至於落得如愛倫坡那麼悲慘，人格尚未分裂。

「原來天才、瘋子只一線之隔。」你捏了把冷汗說。

「一個人可以同時是天才和瘋子。清醒時才華洋溢、魅力迫人，一轉身卻精神失常、偏執瘋狂、酗酒昏迷。」我回應道。

三

你讀罷愛倫坡的〈亞夏古屋的崩塌〉（ The Fall of the House of Usher ），著迷不已。當時你在圖書館，留意到《明報》頭條：土瓜灣「唐樓十秒化灰」，那是一九七二年旭龢大廈因山泥沖塌以來最嚴重塌樓事件，至少五名住客被活埋。高空俯攝瓦礫堆巨幅版面，怵目驚心。

「唐樓坍塌令人震懾驚駭。亞夏古屋的崩塌，不知怎地，卻令我毛骨悚然。」你說。

「那正是新聞與文學作品分野之處。前者是此時此地真人真事，後者是虛構（fiction），給你開闊的想像空間。前者在眾目睽睽下發生；後者卻是靜悄悄塌陷消失的，連影兒都不見。」我說。

「坍塌事伴，彷彿是在人的心靈深處發生的。」你忽有所悟。

我望著你，親愛的少年，你一語中的，這也是何以作品吸引你的原因。

坍塌事件驚悚處，在於它是突發事件，令人猝不及防。聳立地面的莊嚴建築物瞬間竟成瓦礫，且活埋人命。當愛倫坡的父母、養母、一生所愛的女人、妻子，一一遠揚、離世，他一

向倚恃的安穩世界崩塌了，所愛的人生命消殞了，且非單一事件，而是接二連三發生。愛倫坡的人生支離破碎。

〈亞夏古屋的崩塌〉是公認最能體現愛倫坡藝術風格的短篇，它觸摸到人類最原始的感情：懼怕。舉凡人類感到懼怕的主題，諸如死亡、活埋、謀殺、鬼魂、邪惡、夢魘、人格分裂等等都觸及了。

亞夏古屋自始至終瀰漫著陰森悚然的氣氛。

你想像一下，一個晦冥昏暗的秋日，獨自策馬整整一天的旅人，穿過鄉間一片蕭索的曠野。暮色降臨，愁雲籠罩的亞夏古屋終於遙遙在望：孤零零的府宅、光禿禿的牆垣、空洞的窗眼、茂密的菖蒲、幾株枯樹殘留的慘白枝幹，敘事者描述道：「除了吸食鴉片的癮君子午夜夢回後的空虛，重墜尋常生活的痛苦，掀去那層面紗後的恐懼，我無法以塵世的情感來比擬心中的這份惆悵。」

故事的序幕，作者一筆一畫營造整個故事的基色、氛圍。他的作品如拍電影。

記憶中觀賞過一齣驚悚電影《巨斧》，典型的愛倫坡調子。開場，也是一位孤獨的旅人於暮色陰森蒼茫中，撥開枯樹間重重蛛網，訪古堡主人。主角也是經歷種種驚悚最終逃離古屋。

府宅主人羅德里克是敘事者童年知交。由於罹患重病，信函情詞迫切，請求好友務必前來相聚。亞夏家族自古不曾繁衍過任何能傳宗接代的旁系分支，向來一脈單傳。旅人被引到主人房間時，「最令我驚愕驚駭的，莫過於他蒼白如死屍般的皮膚、晶亮得不可思議的眼睛，那頭柔絲不在乎地蓄長了，纖細如遊絲的頭髮與其說披下來，不如說飄在臉上……」敘事者的鏡頭從屋外遠距場景移到人物近距特寫。「他的動作忽而生氣勃勃、忽而萎靡不振。他的聲音忽而囁囁囁囁、忽而鏗鏘有力……或許只有沉湎酒鄉的醉鬼或無可救藥的癮君子心醉神迷時，方能聽到的聲音。」典型精神病患者的特徵。

就在敍事者抵達府宅當天傍晚，瑪德琳死了。主人畫了一幅畫，顯示地下洞穴巨大的空間：「看不到出口，也看不見火把或其他人造光源。」但有一片強光射過，卻是「可怕的光」。

「看來羅德里克是鎖在自個兒心牢深處。」你若有所悟。

「與世隔絕，與人隔絕，甚至與自己隔絕。」我補充道。

他彈唱〈鬼魅宮殿〉的詩，敍述的正是失樂園的故事：

在我們最綠的山谷之間
那兒曾住著善良的天使
曾有座美麗莊嚴的宮殿……
但是邪惡，身披魔袍
侵入了國王高貴的領地
……

瑪德琳屍體放在府宅其中一個地窖，他們看了遺容後釘上棺蓋跌跌撞撞回到地面。第七天客人輾轉反側，

一陣無法抑制的顫抖逐漸傳遍全身，最後一個可怕的夢魘終於壓上心頭。我一陣掙扎，氣喘吁吁地擺脫那個夢魘，從枕上探起身子，凝視黑洞洞的房間，側耳傾聽──不知為何要去聽，除非那是一種本能的驅使──傾聽一個在風聲歇時偶爾傳來的微弱、模糊聲響，不知聲音來自何方。我被一陣莫可名狀、難以忍受、強烈的恐懼感攫住……

這時主人來叩客房，有些歇斯底里，他開窗讓他看驟起的暴風從四面八方颳起。湧動的烏雲下「有一層閃著微弱卻清晰的奇異白光的霧靄，像一張裹屍布般籠罩府宅及周圍。」

「友伴初見府宅主人時，令他驚駭的莫過於對方蒼白如死屍般的皮膚；現在連周圍的霧也像裹屍布裹著房子。」你插嘴。

「你留意到作者層層漸進鋪墊的效果了。」我說。

客人為主人唸一本傳奇小說，好熬過那夜。書中主角勇士艾思爾萊欲進入隱士居處而不果。他開始強行闖入，砸了門，「乾木板的破裂聲令人心驚膽顫」，這時府宅某個僻靜角落傳來回聲，與書中破門聲相似。

「愈來愈恐怖了。」你故意哆嗦著。

勇士破門而入後見一條口吐火舌的巨龍，他一錘擊中龍頭，巨龍發出臨死的慘叫。唸書的人也清楚聽到府宅遙遠異乎尋常的尖叫聲。勇士正要去取懸掛的盾牌，它便掉下來發出一聲鏗鏘可怕的巨響。主客二人也同時聽到沉重金屬的撞擊聲。羅德里亞猛然一陣顫慄，露出一絲陰沉的冷笑。

鋪陳的驚慄效果終於來到了高潮。

「沒聽見嗎？……許多天前我就聽見了……我不敢說，我們把她活埋了！……我現在逃到哪裡？……我告訴你，她現在就站在門外！」

「真令人窒息！」你嚷道。「原來傳奇小說情節和死屍復活情節雙軌進行的佈局，是為氣氛鋪墊。」

兩扇古老的黑檀木門扉慢慢開啟，門外果真站著瑪德琳，一頭栽在兄長身上，羅德里亞倒下時已成一具屍體，成為他曾預言的恐怖犧牲品。

作客的逃離府宅時，四下依然狂風大作，順著大道射來奇異的光。原來光源來自西沉血紅的月亮。

「這呼應了主人那副畫——地牢裡的那束可怕的光。原來作品充滿了懸疑預示預警。」你分析道。

作品的結局是震撼的：

我腳下那個幽深的陰沉小湖，悄然無聲淹沒了亞夏古屋的殘磚碎瓦。

愛倫坡的驚悚小說中文版書影

「今天上環永利街古屋差點淹沒於城市重建的洶湧波濤中。你忽發無厘頭聯想。

四

「愛倫坡到底描繪了人性深處哪些隱匿的巨大恐懼？」我問。

「房子崩塌、過早埋葬、精神虐待、失去呼吸、偏執狂、

瘟疫、高速墮下、巨大漩渦、陰魂糾纏、洩密、陷坑、擺動的鋼刀……」你如數家珍，令我驚訝。

「我當做功課。」你說。

「除了〈亞夏古屋〉，尚有哪些作品最讓你驚悚，而又令你回味再三？」

你說〈陷坑與鐘擺〉（The Pit and the Pendulum）最令你窒息，幾乎陷入失去呼吸的恐懼。

宗教裁判所把主人翁扔進地牢，他從昏迷中醒來，發覺「**包裹我的是永恆之夜的黑暗。**」他吃驚地發現，他摸索地窖地勢一頭栽倒，才發覺幾乎摔落陷坑深淵的水底。「**死於宗教法庭暴虐的人有兩類死法，一類是死於直接的肉體痛苦，一類是死於最可怕的精神恐懼。他們為我安排了第二類死法。**」他認為他們諒必給他的水裡放了麻醉藥，所以他經常昏睡。醒來被綁在木架上。他朝天花板打量，巨大的鐘擺晃動著，隨著幅度增大而加速。不久他注意到鐘擺下端猶如鋒利的月牙鋼刀，在空氣中劃出嘶嘶的聲音。鐘擺緩緩下降，他拚命掙扎想迎往那柄彎刀，然後他靜躺笑看閃光的死亡。之後是熾熱的鐵壁緩緩移動要把他推往陷坑深淵邊緣。千鈞一髮，法軍進入托雷多，他獲救了。

「愛倫坡在作品中創造了一座又一座的地窖、黑牢、監獄，終其身，他仍未走出他的心牢，逃出折磨他的心魔。對嗎？」你問。

〈黑貓〉（The Black Cat）令你驚悚的是，萬無一失的謀殺案，員警三番四次走下地窖，兇手依然泰然自若，神色從容。小說以第一人稱敘事角度展開，赤裸裸剖白病態犯罪心理作案過程。

「D. H. 勞倫斯曾對他讚嘆道：愛倫坡是個敢於闖入可怕的人類靈魂地獄的冒險家。」我說。

當員警消除了疑慮，正準備離開。他喜不自禁道：「先生，這是一幢蓋得最好的屋子。要走了嗎先生？這些牆可是砌

得十分牢固的呀。」純粹出於虛張聲勢的瘋狂，竟用手杖使勁敲擊站著愛妻屍體的那面牆。壁墓裡傳出回應的聲音，

那是一種狂笑——一種悲鳴、一半透出恐怖一半顯出得意，就像那種只有從地獄才可能發出的聲音，就像為被罰入地獄而痛苦的靈魂和為靈魂墜入地獄而歡呼的魔鬼，共同從喉嚨裡發出的聲音。

牆被拆倒，告密者正是腐屍頭上端坐著的黑貓。「原來我把那可怕的傢伙砌進了壁墓！」

他是因厭憎黑貓失手殺了愛妻的。

〈黑貓〉可說是現代心理小說的先驅。

〈貝瑞妮絲〉（Berenice）寫偏執狂，仍以第一人稱自我剖析。主人公跟表妹成婚日子迫近，一個偏執狂，一個癲癇症。當憔悴、呆滯、乾癟的貝瑞妮絲出現在圖書館，雙唇張開，帶著一抹難解的微笑，

天啊！我情願從未見過這些牙齒，再不然，既然我看見了，就讓我死了吧！

天啊！她離開了，她那蒼白鬼魅般的牙齒影像，卻怎麼樣也趕不走。那牙齒潔白無瑕——琺瑯質上沒有一絲斑點—牙齒上沒有任何凹痕……牙齒！牙齒！這裡也有，那裡也有，到處都是牙齒，就在眼前，看得見，摸得著……

第二個夜晚有人告之貝瑞妮絲已經不在了！下葬了！

他夢遊一般又獨自坐在圖書館裡，不明白身邊怎麼放了一個小盒子。然後一陣狂叫打破夜晚的寂靜，一個僕人說，墳墓被挖，屍布裡的軀體心臟還跳著。他的衣服上則沾滿泥濘血塊，他的手有許多人類指甲印，牆邊有把鑱子。他尖叫一聲，抓住桌上盒子。

我顫抖不止，盒子重重摔了下去，摔成碎片；盒子裡格格作響，掉出來幾把牙醫用的器械，中間還混雜了三十二顆小小的、白色的、象牙一般的東西，撒落了一地。

「〈貝瑞妮絲〉的恐怖是：主人公挖墳，是在夢遊般的狀態下幹的。」你有點心悸。

「主人公並不明白他黑夜裡幹了甚麼。愛倫坡挖掘了人類潛意識的行為。他挖得可深，而且是血淋淋的，用第一人稱。不是每個作家有勇氣如此探掘的。」我說。

五

「愛倫坡作品中，讓你烙印深的是哪一篇？」你問。

「〈紅死病的面具〉（The Masque of the Red Death）。這篇最具寓言性並驚悚之美。」我說。

開場正是紅死病蹂躪國度多時。親王從宮中召集一千名健壯、樂觀的騎士淑女。帶他們退隱到一座偏遠的城堡式宅院。「親王的追隨者帶來熔爐巨錘，進入宅院後熔固所有門閂，決心破斧沉舟……所有歡樂和平安都在牆內。牆外則是紅死病的天下。」隔離生活五、六個月，牆外瘟疫最猖厥之際，親王舉行了異常豪華的假面舞會。正當縱情狂歡達到高潮時，黑色巨鐘鳴響了午夜鐘聲。一位新來者引來非議，他高瘦幽靈般的身影從頭到腳都藏在一塊濺滿鮮血的裹屍布裡，僵屍面孔的面具足以亂真，額頂五官灑滿腥臊結的恐怖。親王聲嘶力竭：「誰如此大膽？揭開他的面具！」不料這個不速之客竟邁著莊重從容步伐朝親王走來，如入無人之境。親王高舉一柄出鞘短劍，那身影猛轉過身，只聽一聲慘叫，劍落，親王也倒下。一群狂歡者一哄而上抓住那個身影，卻發現裹屍布和僵屍面具裡，沒有任何有形的實體。紅死病的到來，「就像一個小偷，趁黑夜

溜了進來，狂歡者一個接一個在尋歡作樂的舞廳血泊中……黑暗、腐朽和紅死病展開對一切事物漫漫無期的統治。」

愛倫坡的驚悚小說常把場景設定於封閉的空間，《紅死病的面具》亦然。在這個封閉場景中，他讓狂歡與陰森、享樂與死亡形成強烈對比，以達至驚悚效果。

六

唉！親愛的少年，愛倫坡開拓的黑暗迷宮，無遠弗屆，他就是那個疆域裡的統帥、親王。他的作品勘探人類心靈地土深處，超越了時代，並預言了那場席捲整個世界的現代主義思潮到來。他關心怎麼寫，關注效果（effect）美學。現實中，他卻是那個在曠野孤獨策騎的小孩，尋覓愛與肯定。由於他的作品內涵同時代難求知音，他說：「我可以花一個世紀等待讀者。」他終於等到空谷回聲，作品納入世界經典。甚至兩百年後等到你這個少年知音。

懸崖上的蘭花 作品尺寸：56x76cm

給穿梭經典的少年

世間萬象盡藏在方塊字裡頭
你出入古典經書
在江山歷史中徜徉樂而忘返
你驚嘆它詮釋生命的奧祕
記錄歷史的更迭
開天闢地以來黎民生活的千姿百態
你開始記錄自己的喜怒哀樂
撿拾聽來的言語珠璣警句格言
它們擲地有聲
你體驗到創作涵納替萬物命名的使命
如何詮釋宇宙人生？
你認同文字熨貼的解釋
宇宙為之端正
萬物由而含情

十三 送字

——給穿梭經典的善感少年

一

你的哥哥姊姊不是讀商就是研醫，他們不明白為甚麼惟獨你這個家中老么會選讀中文。你的興趣就是跟他們不一樣，從小就對象形文字著迷。每個字對你來說都是一幅圖畫，你稚嫩的心恍惚覺得：一個字就是一個世界，對你四周你所不明白的事物的解釋。當許多小朋友一頭栽在網絡的遊戲世界裡，你卻啟程往文字的森林去探險，你不以一棵樹為滿足。你有顆柔柔的心，看書看著看著會情不自禁掉淚，常給兄姊取笑。

你對不認得的字，很有耐性查字典，你讚嘆道：「漢字是世界上最美麗的文字！」

你記得老師教你們查字典，忽然在黑板上寫了個「嫣」字。

「想像一下，像不像一朵女子的微笑？」

你悄悄望了課室裡的阿秀一眼。

老師又在黑板上寫了大大的「嫵媚」兩個字。

「一個美女的神情不就是這個樣子嗎？」

你想起了秋霞阿姨。

老師跟你們說，世間萬象、生命的奧秘，都藏在這些方塊字裡頭了，你們出發去探索吧！幾千年來，咱們中國老百姓居然也在這些漢字五百四十個部首裡活著：金、木、水、火、土、鳥、田、衣、食、行⋯⋯

「真的不得了，太奇妙了！」

你誓要在這五百四十個部首裡，記錄生活的點點滴滴與生命種種奇蹟。年少的你，叮嚀自己別錯失了平日小小的感動，甚或一回驚豔。然而你稚嫩的筆能捕捉得了嗎？你問自己。

你起先只是記錄一天的作息，後來發覺悶到不行；你開始記錄自己的喜怒哀樂、旅遊見聞，描繪你培育的花木季節裡的變化，還觀察四周的人物、世情、世態。到你讀中五時已堆疊了不少日記簿，大本小本厚薄不一，琳瑯滿目，真是了不起的成績！

二

　　日記簿裡有很多警句或美文，來自你平日閱讀所得。讀到精彩處必然一字一句抄寫下來。「粒粒珍珠哩！」你笑道。

　　三月十四日那天下午，我們一群人前往沙田中文大學聽張曉風的演講。她談兒時記憶裡最初創作的衝動，來自對柳州春天的驚豔。

　　張曉風念初三時，除了抄寫冰心小品，亦把整卷徐志摩詩集一字不漏抄完。她發覺詩人的詩在抄寫過程中，竟深深鏤刻在她稚嫩的心版上，成為她的血肉，生命裡不可分割的一部份。那樣深刻的記憶，真的無法磨滅。她隨口就詠出〈莎喲娜拉〉的情詩。

　　你記得嗎？她提到阿拉伯文學經典《一千零一夜》裡的一個夢：船隻航向鑽石之島。她說：

我找到的是另類的鑽石——文字。

　　「她找到鑽石，而你找到珍珠。她的船航向夢中的鑽石島，你的船則航向夢中的珍珠島。都找到寶藏。」我說。

　　你訝異她對言語珠璣辨識的強度、力度。她從未讓兩手閒蕩，除了抄字，還撿字。不論居家教學或旅途上，她總可以拾到滿籃子的鑽石，然後在演講中再一把撒給眾人。

　　她教醫學院學生中文。她留意到醫學院辦公室對面是處理

屍首的地方，用了拉丁文名稱，一問之下，原來叫「芳香處理室」。那是多麼窩心妥貼的代名詞啊！

譬如廣東俚語「牙齒當金使」，比喻一個人有信用、受信任的程度。

「簡直擲地有聲！」她說。

又譬如「我們是一個鍋裡吃飯的」，榮辱與共的袍澤之情啊！

於是你的日記簿裡開始貯藏你於平日生活裡撿拾到的言語珠璣。

三

你對文字既敬畏又愛慕，不免把一個字一個字含在嘴裡餂了又餂，好知道它的味道。你發覺曉風竟把文字學當詩來讀。

平常的一個「行」字，竟可以當做禮物送給一個常在旅途上的女子。她說，「行」是一個美麗的字。三千五百年前的甲骨片上的「行」字長成甚麼樣子呢？像十字路口，四條通衢大道全都沒有收口，明擺著「一徑入天涯」的迢遙途程。四個方向，它可南可北可東可西，它是大地之上成帶狀的無限可能。它酷似十字架，但十字架是有封口的，古往今來的縱線加上左舒右展的橫線，然後在其上釘下一具犧牲者的肉體。而「行」是甚麼呢？

「行」的甲骨文

「行」是釋放的十字架
供凡人如你我可以得其救贖
因而可以大踏步地去衝州撞府

可以去披星戴月
可以在重關複隩
在山不窮水不盡的后土上放牧自我

《說文解字》裡其中一個解釋是「行」加上「止」的旅人軌跡。曉風喜歡這個定義。她說：

甲骨文時代的行是名詞
是無限江山
小篆中的行是動詞
是千里行腳
你是穿阡越陌在里巷中又行又止的人
好的旅行家如你是亦行亦止的
因為只有「行」才能到遠方
只有「止」才能凝神傾聽才能勃然動容
然後才有瑣細入微的記憶和娓娓道來的縷述

出入古典經書現代文學、在江山歷史中徜徉的你，不禁大嘆「過癮」。你說：「一個行字的解釋，不但透出個人的學養，亦把創作人的行止道出。創作人理當有出入古今、遊走江山自我放牧的精神和氣魄，亦行亦止。閱讀，讓我們游走古今；然而唯有凝神傾聽，才能取其精髓。行，是創作的第一個鑰字。它同時指出文字的救贖性能。簡直不可思議。」

四

有「行」才有「遇」啊！「遇者，不期而會也。」（《論語·義疏》）
遇，究竟又是甚麼啊？曉風說：

黃帝遇見磁石，蒙恬初識羊毛，立刻有了對物的驚嘆和對物的深情。

　　她渴望生命裡的種種遇合，

　　某本書裡有一句話，等我去讀、去拍案。田間的野老，等我去了解、去驚識。山風與髮，冷泉與舌，流雲與眼，松濤與耳，他們等著，在神秘的時間的兩端等著，等著相遇的一剎⋯⋯

　　「她在教人動用我們全身的感官去認識世間的人、事、物。先是初遇的驚識驚嘆，隨後則是滋長的深情。米開蘭基羅在渾沌未鑿的大理石中預先遇見了少年大衛，生命情境從此不一樣了。遇，不就是創作的第二個鑰字嗎？」你咀嚼她的話。

五

　　月，闕也。兩千年前古人的解釋。闕，缺也。這個解釋，令曉風著迷。《淮南子》裡，中國的天空大地都曾受傷，女媧以手補綴撫平了一切殘破。天穿了，女媧煉五色石補了天。地搖了，女媧折斷了神鰲的腳爪墊穩了四極。這是中國神話對天地的解釋。

　　曉風三月天在崇基學院演講。話說屈原投汨羅江之後，身體跟著江水流向下遊，魚吃了頭，眾子不知所措。女兒想了個辦法，叫金匠來打金頭，補他半邊臉。曉風說：「**世上有很多遺憾破碎的事，有人出來補了這些缺撼。**」她用屈原女兒打金頭的故事，回答為甚麼寫作的問題。「彌補缺憾，消除憾恨」就是作家幹的事。

　　「闕，是創作的第三個鑰字。」你在日記本上記下了。

「世間不知幾多憾事，作家不就專門做補補貼貼的行當嗎？世間說不清的事，由作家去解說吧，管它用詩用戲劇用小說還是散文。」你又補充道。

　　「古代希伯來典籍舊約創世記，描寫上帝創造天地萬物之後，特意留下一樁有待完成的偉大工程（彷彿填補缺憾），就是把萬物命名的任務交給了祂所造的第一個人亞當。換句話說，把為萬物命名、解釋的創造恩典賞給人。所謂闕，無非指的是創造或創作空間吧？」我再補充道。

　　你說，所有的書包括科學文學，都在解釋這個世界。你對「解釋」這件事入了迷。然而牽動你眼球神經線的，哪怕一個字、一句話，「解釋」了你壓抑已久的某些情懷，某種心境，你必然感到萬物各安其位的熨貼、滿足。

　　「那種幸福感，無法言喻。難過或忿忿不平的心往往就這樣燙平了，很有療效。」

　　那幸福感臨在的那一刻，你認同了張曉風的說法：「**有了好的解釋，宇宙為之端正，萬物由而含情。**」

六

　　你說，為了對生命有更好的呈現，除了練好文字，思想得磨利、情感要滌淨、意志也要熬得堅韌些。今天你把三顆奪目的珍珠裝在口袋裡：行、遇、闕。部首不同，**聲韻迥別**。夠你餂整個下午了。

參考書目：
張曉風：《送你一個字》，台北：九歌出版社，2009。

相濡以沫 作品尺寸：56x38cm

給相濡以沫的少年

詩會文學講座青春結伴行
你們相約於畫廊
在碼頭餐廳伴著落日餘暉
辯論契訶夫劇作
在離島露天茶室吱喳鳥語中
朗讀自己作品
聆聽他人的品評
你們聚攏風中的詩意
攤開創作的險阻
人生沒有過不了的坎
你們鼓舞了對方
成全了自己

十四 交會

——給相濡以沫的少年文友

一

　　暑期你參加了第八屆香港文學節一些活動，聽了些講座。你用指頭鑽孔似地鑽了鑽耳朵：「眼界開了，耳朵也打通了哩。」一臉頑皮相。

　　你跟幾位詩友參加了「仲夏詩會」：葉輝飲江關夢南三人組的「香江詩賞」，詩友擠爆了香港中央圖書館一號活動室。吉他伴奏下誦詩，醞釀了氣氛。飲江還用義大利民歌〈散塔盧琪亞〉調子唱詩句，令你驚奇！三人笑談間濃濃的友情洋溢，你感受到仲夏陣陣暖意。

　　你還參加了「薪火相傳——香港作家講座」：鍾玲吳美筠王良和劉偉成四人組的「亦師亦友」。

二

　　「亦師亦友」講座有幾段故事令你印象深刻，其中一段是吳美筠一路顛簸走來的創作之路。

　　詩人羈魂是她創作上的啟蒙恩師，帶她進入文學殿堂的則是鍾玲。她在港大念中文系時慕名修讀鍾玲的「當代詩」，八六年大學畢業打算入研究院，一面參加鍾玲的詩會，一面跟她補英美詩。八七年鍾玲自高雄中山大學外文系客座一年返港大，詩會又啟動了。鍾玲朗誦的〈狂風沙〉（1986）一詩由實入虛的寫法，讓她怦然心動，彷彿為她搭了一塊跳板，讓她從意象借喻跳躍，進入自己全新的創作領域。美筠後來在詩會朗誦〈獨眼〉（1988）時沒有人看出任何借喻的蛛絲馬跡，因為

二詩風格迥別。她帶著感激之情把二十年懷藏的秘密當眾抖了出來，你我坐在演講廳前排，看到台上師徒倆眼底似乎閃著一點淚光。你問，到底〈獨眼〉自〈狂風沙〉詩承（或師承）的高妙所在在哪裡？

飛翔(Siu Ching)

三

〈狂風沙〉寫女子舊創之痛：

我去過南方的風吹沙
那裡不但狂風吹沙啊
還鞭策藍色的群馬
揚銀色的鬃踢透明的蹄

你推我擠沒命地投奔
永遠登不上的灘頭

　　一開頭就從地理上的「風吹沙」海灘切入當下真實的處
境：狂風吹沙。動詞「鞭策」開始帶動詩的節奏和氣氛，由實
入虛，並觸及隱痛。

狂風啊不但鞭馬
還抽打覓風的人
抽她蒼白的臉
扯她瘋瘋癲癲的亂髮
把針一般的細沙
撒入她綻裂的傷口
唉，那不曾撫平的舊創

　　狂風沙不但「鞭策」馬（海），還「抽打」人（抽她臉扯
她髮），更在她傷口（舊創）撒鹽（沙）。由皮肉痛進入情傷
的痛，層疊漸進，由實入虛，狂野的大自然掀開她的傷口。敘
事由第一人稱「我」轉入第三人稱「她」。「我」抽離自己觀
看生命一場大傷大痛。

她搖搖晃晃地立著
任飛沙雕鑿她的玲瓏
雙臂左右張開
是要擁抱風的精靈罷
忽地素白長裙倒翻
網住她的十字身形
像一隻巨大的紙鳶
她升向昏濛的高空

　　狂風沙一連串充滿暴力的「鞭」、「抽打」、「抽」、

「扯」、「撒」的動詞（或動作）之後，開始進行生命「雕鑿」的工程。她如何面對這一場抽痛？她「張開」雙臂「擁抱」風。本來搖搖晃晃地立著，忽地素白長裙倒翻，網住她的十字身形。擁抱痛苦身懸十架，以升向高空的巨大紙鳶作為死而復活的隱喻、心靈提升的意象。

> 我匍匐在移走的地面
> 仰望的雙眼流出濁淚
> 唉，狂風又盪紙鳶的秋千了
> 沙的漩渦中央一條細絲上騰
> 這頭牽繫我掌上的生命線
> 那頭通向她的心結
> 那條細線，臍帶般的細線
> 仍然緊緊握在我的手中

詩中展示兩個自我的形象：一個升向高空的「她」，一個匍匐地面的「我」。這頭是牽繫「我」掌上的生命線，那頭是通向「她」的心結。「我」的情緒得到釋放，終於能重新掌握自己了，然而這條細絲仍是脆弱不穩的。

四

〈獨眼〉寫女子黑夜裡獨自探路的怖慄：

> 深黑的天地不著異色
> 除了幾柱倦垂的街燈
> 輕喘昏黃
> 她獨自探路
> 無法估量

蒼白得黝暗的路
會重複多少遍
樹椏抓撲她輪廓迷糊的身影
不斷在她眩惑的臉龐
擊出幾道瘀痕
為了掠奪所有景象
倒退的樹影像狂飆
忽然焚起幾團髮網
熾炙她飄移的腳步

　　同樣以一連串充滿暴力的動詞「抓撲」、「擊出」、「掠奪」、「焚起」、「熾炙」帶動詩的節奏和氣氛。樹椏抓撲她的身影，在她臉龐上擊出瘀痕，樹影像狂飆焚起髮網熾炙她的腳步等等。

　　夜行女子被籠罩天地的深黑包圍，正如懷著舊創的女子被鋪天蓋地的狂風沙襲擊一樣，弱勢女子處身強勢而無法抗禦的大環境之下，兩方形勢懸殊。

　　二詩均寫女子面對暴力的光景：狂風沙抽打覓風的人，樹椏則抓撲夜行的人。前者面對的是痛，後者面對的是懼。狂風抽覓風人的臉扯她亂髮、往她傷口撒沙，樹椏則在夜行人臉上擊出瘀痕、狂飆的樹影焚起髮網炙她腳步。

她想像　　　突現
一個人
一個讓她跟隨的目標
讓任何錯誤都有藉口
但求停止獨戰——但
即使乍現的淺笑　　　或者
　　　木褐的瞳孔　　　或者
　　　隨意的詢問
她必定拚命逃避

樹(Siu Ching)

避開任何危險
寧願藏在無方向的路
用沉默的身影　　印證
光明

　　獨戰實錄。捕風捉影自我搏鬥的光景。渴求救星（一個人）突現，欲逃避危險的處境。

只願無人監視
亂踏的步伐自會安排
路　　盡情地黑
黑開一個深窪的洞逼人跌墮
她感覺樹的挑釁和侵襲
一條粗壯的枝椏
直刺她的心臟
她扳開整個身體
像掀起大圓袍
覆蓋無底的洞
吸納所有路和樹
她凸成一顆烏亮的獨眼

頓然
樹影失落在她身後
她擁有了喜悅和痛楚

　　處於風吹沙中的女子，她的危難來自空中（狂風）；處於黑夜中的女子，她的危難來自地面（樹影黑路）。狂風，把人吹向高空；黑路則逼人墮跌。前者的戰場在空中，後者的戰場在地面。痛苦的自我升向高空，恐懼的自我則向黑洞墮跌。風中女子搖搖晃晃立著，夜行女子則亂踏著步伐。

　　環境讓她們招架不住。搖搖晃晃的女子任飛沙雕鑿（豁出去了），雙臂張開擁抱風，擁抱痛苦。素白長裙倒翻，網往「她」的十字身形，像隻巨大紙鳶升向高空，她情緒釋放了！死而復生一般，以巨大紙鳶為心靈提升的意象。匍匐地面的「我」流出了濁淚。至於夜行女子則漸感樹的挑釁和侵襲，一條枝椏直刺心臟，她亦豁出去了！扳開整個身體像掀起大圓袍，覆蓋無底的洞，擁抱黑，擁抱懼慄。她的情緒亦獲得解放，以凸成一顆烏亮的獨眼（鍾玲為美筠第一本詩集《我們是那麼接近》（1990）寫的序，說美筠用的意象很奇特，這一段有如夢

魘中的變形，頗富魔幻寫實主義的風格）作為戰勝恐懼心靈升華的意象。夜行女子，至終把樹影拋在後頭，以「喜悅」和「痛楚」為戰利品。

　　二人均在強勢的大環境下被迫和自我展開一場艱難的搏鬥，都打了一場漂亮的仗，戰勝了自我。二詩均探索女子的潛意識世界，惡境歷煉下的自我超越。狂風沙一面抽打覓風女子的皮肉，一面雕鑿她內在生命的玲瓏，這是自我型塑的體驗和歷程。狂風沙不改狂暴，自我的心態卻轉變了。狂風沙造就了自我的成長。夜行探路的女子，本欲逃避樹椏抓撲挑釁侵襲，終於扳開身體吸納所有路和樹。天地始終深黑不著異色，路始終盡情地黑，卻造就了一個更新突破的自我：凸成一顆烏亮的獨眼。一個以柔克傷，一個以剛抗懼。〈狂風沙〉以感性語言貫串，〈獨眼〉則以智性調子帶動，作品中刻劃的自我形象均鮮明凸出。

五

　　我邀你參加八月十五日仲夏午後於序言書室舉行的「霧‧時間‧登山」新詩朗誦分享會，你去了。趁鍾玲詩集《霧在登山》剛出版，吳美筠策劃了這麼一場詩會，胡燕青王良和劉偉成詩友都一塊來湊熱鬧。大家朗誦並分享各自的作品，並讓我來主持。

　　當天詩會朗誦的第一首詩就是鍾玲的〈候鳥〉，正是描述詩友間相互激勵營造創作空間的光景。

> 我們是候鳥
> 總回歸熟悉的棲息地
> 去聚攏風中的詩意

去印證翅膀的厚度
去吸取彼此心中的馨香

詩人這樣描繪她的小詩友：

……你們的面容鮮嫩如蔥白
啟齒艱難，跟字句角力
逐漸交接的思緒相互渲染
一首首詩遂如燭火搖曳成形……我們的羽翼裁剪天衣

候鳥如燕子，尾巴如剪。裁剪是對詩的要求，天衣即詩的成品。

劉偉成朗誦的〈拾蜆的人〉其實也側論創作。

從沒想過淺灘也有可掐的東面
同樣有可貴的生命
各自在平凡中用心

傚效你隨意撿起樹枝，我含笑提筆
撩撩撥撥……

題材俯拾皆是。

流動的空氣對創作人而言是不可或缺的。劉偉成〈聽風在想像〉（1998）闡述道：

風擁有的，原來全是氣根
不需要廣袤的空間
只需要流動的空氣

美筠朗誦的〈樹倒〉（2007）亦論創作的空間：

如此看來
樹與樹之間
需要流動的空氣
疏通世俗以外的風

　　詩人分享〈樹倒〉探討保育、辦公室政治角力、文壇派系競逐現象。
　　〈樹倒〉裡這個城市僅存的一棵樹，能堅持原則的倖存者，「樹冠裡葉子與葉子之間／可能嫉妒和埋怨對方的位置」。至終「清晨，辭枝孤零的／一片黃葉／伏在路肩上抽泣」寫唯一清醒而孤獨的存在個體，也代表詩人對盼望的堅執。〈樹倒〉與〈獨眼〉相隔了十九年。樹，仍是她作品中重要的意象。

六

　　至於胡燕青朗誦的〈牆壁拐彎之處〉描繪爸爸的孤獨失落。

母親死後，你一直流離
在一張巨大的藤椅上
時間的海在你腳下大片滑走

鍾玲讚賞第三行變形的手法，是空間的滑行，寫父親巨大的痛苦，時間對他已失去了意義。

你感覺自己是一件
多出來的家當
擱在牆壁之處
等待被發現
或者移除

甚至生存也失去了意義。比喻妥貼，感人至深。

　　王良和朗誦〈聖誕老人的故事〉，分享童年記憶、對父親的感情。他童年渴望收到聖誕禮物的心從未獲得滿足，他當了爸爸後每年都扮聖誕老人送禮物給兒女。他扮了聖誕老人派完禮物朦朧中起來拆自己的禮物盒子，盒子裡有盒子，拆至更小的盒子，時空就跳接至過去：「拿出一盞昏黃的燈，一間七十呎的房子／一張雙層床，一個沒米的米缸／一隻工傷的大手……他釣到一隻大閘蟹，鉗住他的食指……」記起父親教的：把手放到地上。蟹子跑到外面雪夜，「他心頭一震，打開門追出去，他忘記自己已經老了，走不動／頹然坐下，就坐著塵世的車，駕著超世的鹿……」這個另類的聖誕老人營造個人創作的空間。良和以蟹的意象帶動時空和角色的轉換，自然流露出對爸爸的感情，感情帶動著技巧。鍾玲讚賞詩人藉開禮物三次時空轉接、身分轉換，回溯時光的手法老到。良和說他現在寫詩，常等待這種內在的積累感。

山中樹(Siu Ching)

鍾玲壓軸朗誦的〈霧在登山〉（2007）與〈狂風沙〉（1986）足足相隔了二十一年，同樣是療傷詩。周圍的人同樣「不知道你的心在淌血」。

　　「陽光在高空旋著金環／群山像圍聚的大人／俯瞰你在搖籃中哭泣⋯⋯」二十一年前大自然（狂風沙）以狂暴手段抽打覓風的人，向綻裂的傷口撒沙；此番登山，大自然（群山）以寬容的大人姿態撫慰淌血哭泣的心，有神奇的療傷能力。白霧穿透「你」穿透孤松，孤松即自己，在霧裡療傷。

　　　　那天你凌空立在山巔
　　　　雲氣幻化群山的面容
　　　　沉思的，憂心的，內斂的
　　　　白霧穿透你
　　　　像穿透那棵孤松
　　　　既不悲傷也不喜悅的孤松
　　　　它在滌淨的呼吸中成長
　　　　所有傷痕都消失
　　　　因為霧在登山

　　胡燕青說：「令人印象深刻的是把群山比作環視嬰孩的大人。詩人用層疊手法，道出群山更全知更體貼的事實。她在眾山嶺的環抱下，本能地完全地信任大自然，這個處境很突出，寫得很有感染力。」

　　美筠說：「詩句從容，不用奇險僻句，卻意境深遠，耐人細味。詩人登山療傷，詩本身何嘗不可以療傷。」

八

　　你說，參與了仲夏的詩會後，你也思索是否能凝聚詩友營造自己創作的空間。祝福你，親愛的小詩友，願你們能找到棲

息地，去聚攏風中的詩意，去印證翅膀的厚度，去吸取彼此心中的馨香。

戀人 作品尺寸：56x76cm

給情竇初開的少女

莊園給了你想像空間
你代入范妮的角色
成為一株領養移植的玫瑰
夾在一眾表哥表姐當中
尋求狹隘的成長空間
暗地愛慕二表哥不動聲色
家庭風暴連番襲擊莊園
睡王子至終看清
上天為他預備的佳偶
你的早熟來自奧斯汀
你從她的世界領悟人情世故
經歷一場又一場情感教育
理性如何跟感性碰撞
傲慢與偏見如何相互較量
你大長見識並披荊斬棘
竭力維護心性那一點
純真善良

十五　情長

——給探索感情世界的故少女

一

你已來到花樣年華，剛脫離懵懂年紀，離成人門檻尚有一段距離。羽翼長成，卻尚未堅硬。你上頭三個姐姐全是長輩眼中的野性少女，叛逆不馴。你姐姐不願做的家事你包攬，你姐姐看完的流行小說言情小說你撿來看。你認真念書，不用補習竟也讓你考上省立女高。母親在你們年幼時即出走，人間蒸發。你和么弟在襁褓中未嘗過母親懷抱的滋味。你父親是計程車司機，住在外頭，五個孩子衣食住行教育全交給了你們的爺爺奶奶。以往到湖口老街看你們，你總讓我親熱地抱著坐在沙發椅上跟大人聊天；今番來訪你明顯長大，有些矜持，氣質潛藏。

在這樣的成長背景下，珍‧奧斯汀（ Jane Austen, 1775-1817 ）成為你的朋友。她教你如何自處、思考、觀察、溝通、突破，那是孕育智慧、感情的世界，你從殘缺的人生處境，走進了英國鄉郊莊園的世界，並自得其樂。

二

人們總以《傲慢與偏見》（ *Pride & Prejudice* ）切入珍‧奧斯汀的精神領域，你卻給《曼斯菲爾德莊園》（ *Mansfield Park* ）書名給吸引了去，是莊園給了你想像的空間。你居住的環境跟女主角的一樣偪促，你們同樣多兄弟姐妹。你老四，她老二。小說開頭，范妮從九個兄弟姐妹中被選中、寄養於環境

英磅上的珍‧奧斯汀

優裕房子寬敞的二姨媽家時，不過九歲，膽小拘束自卑。她還有兩個表哥、兩個表姊。她花了很長時間適應新環境。是二表哥艾德蒙發現她坐在閣樓的樓梯上哭泣。他問了很久，才明白她是想家，然後陪她寫信，幫她寄信。男主角艾德蒙的品行氣度吸引了范妮，也吸引了你。

　　奧斯汀花很長篇幅描繪范妮如何在二姨丈托馬士爵士家中受培育，如何服事陪伴二姨爵士夫人，如何容忍經常出入莊園的大姨對她的歧視怠慢，如何在表哥表姊身邊掙扎尋求成長的空間，如何在鄰里社交往來關係中洞察人性的虛矯。多年在托馬士爵士莊園裡生活，她已出落成嫵媚文雅善良溫柔的大姑娘。當她回到童年的家探望暫住，發覺自己已成為客人，難以融入家人那種喧鬧爭奪卻又疏離的關係裡，她已屬於曼斯菲爾德莊園一份子，是有教養的閨女。她的光潔優雅和弟妹的襤褸

粗俗成為鮮明對比。然而對家人的包容忍耐和愛掩蓋了歲月和環境造成的隔閡。你發覺范妮的成熟是錘鍊出來的。被寵壞的兩個表姐難馴的野性叛逆都因醜聞斷送了名譽，習於揮霍享樂的大表哥湯姆大病一場吃了苦頭學會了思索。經過幾番風雨，艾德蒙至終看清范妮身上持守的情操之美，得以把眼光和情感從他迷戀的女子脫身，選擇范妮為終身伴侶。

「范妮竟然可以眼看艾德蒙迷戀克勞福特小姐而不動聲色，同一個屋頂下生活的艾德蒙竟然可以對范妮的感情毫不察覺，甚至責怪她拒絕亨利的求愛。」你驚嘆范妮的柔韌性格。

「范妮願意等待水到渠成的那一天來到。這是一個女孩成長的故事，也是一個女孩尋求幸福的故事。」

「范妮和兩個表姐同受培育，卻造就兩種絕然不同的品行和價值觀。」

「范妮珍惜在爵士家所受的培育，心態不同。她是一棵移植的花，她很清楚陽光雨露的恩澤不是必然的。她不露鋒芒，卻以低姿態逆境求存。謙讓溫暖聰穎的品質在歲月裡成形。瑪麗亞和茱麗葉的傲慢不馴襯托了范妮的柔順謙和。」

「聰明如艾德蒙竟然給包裝完美的克勞福勞小姐所惑，若非親耳聽到她對瑪麗亞與亨利私奔案件說出她自己真正的想法，還看不透她的浮淺，價值觀跟自己全然背道而馳哩，他還不會清醒。」

「艾德蒙畢竟在安舒莊園裡長大，智商了得，情感商數還是不如范妮。克勞福特小姐的社交商數雖高，卻輸了情操商數。她談吐應對琴藝的包裝畢竟給戳破了。作者珍·奧斯汀以克勞福持小姐的淺薄對比女主角范妮的內涵。家庭風暴連番襲擊莊園時，湯姆的公子少爺脾性跟艾德蒙的忍辱負重亦形成強烈對比，至終突顯了艾德蒙和范妮這一對絕配。有趣的是，自始至終整個莊園大局范妮是看在眼裡的，艾德蒙這個睡王子到快要劇終時才睜開眼，看清上天為他預備的佳偶。」

三

　　《艾瑪》（Emma）是你涉獵的奧斯汀第二部小說。我問：

　　「艾瑪和范妮同樣在摸索中成長，她們角色最大的分別在哪裡？」

　　「范妮內向，艾瑪外向。范妮是傳統女子典範，成長過程幾乎挖不出甚麼性格的缺憾哩。反觀艾瑪卻缺點多多，任性又自以為是，喜歡作媒，怎不會碰得鼻青臉腫呢？真不可思議。」

　　「亂點鴛鴦譜正是喜劇所在，但她可愛的地方是不固執，能在痛苦的反省中醒覺，勇於認錯。你說是嗎？」

　　「多虧奈特先生守護在她身邊，隨時提點。」

　　「這回艾瑪可扮演了睡公主的角色，一直要到第四十九章，若非奈特先生表露真情，艾瑪還真不會清醒過來呢！」

　　「奈特先生是《艾瑪》作品中最有魅力的人物，博學、成熟、智慧，家世好，風度翩翩。堅毅可信賴。大約三十七、八歲，扮演近乎父兄的角色，看著艾瑪長大，像一家人。」

　　「他跟范妮一樣，把感情深深埋藏，等待水到渠成的一天。」

　　你走進奧斯汀的世界，原先僅僅期待看男女情愛，不料看出很多世態世故世情。老實說，你起初根本不識泰山，一看之下，欲罷不能。她的作品當然跟你撿拾姐姐看的那些言情傷情之作大有區別。有人統計她傳世的六部作品，只有十六個吻，而每一個吻居然跟戀人之間的熱吻無關。

　　你狡黠一笑。

　　「我在《艾瑪》裡可找到一個戀人的吻哩。」

　　你翻到《艾瑪》第五十三章指著其中一行：

　　他握緊艾瑪的手，感動地吻著。

「慢著，他只是吻艾瑪的手，跟你的標準有距離吧？另有版本連這一句也沒有。」我說。

你遺憾地嘆了一口氣。

「《簡愛》（*Jane Eyre*）作者夏綠蒂‧勃朗特（Charlotte Bronte, 1816-1855）曾批評珍‧奧斯汀：凡熱情的、溫暖的、尖銳的、動心的，在她小說中都找不到……她不懂情欲二字，不談姊妹結義……但凡使人激動、心跳、熱血奔騰的事，雖屬內心情緒……在她的小說裡一概不涉及。」我說。

「我不怎麼同意勃朗持對奧斯汀的評語。」你抗議道。「奧斯汀小說雖然對男女關係描繪往往不脫嘲諷本色，說找不到溫暖動心的一面是過分了點。雖然我本來是要找浪漫小說看，碰上珍‧奧斯汀，卻給我意外的驚喜哩。」

「說說讓你驚喜之處。」

「她小說處理的就是關係，人與人之間千變萬化互動的關係。我是從主角處身眾多關係、應對中，許多配角可笑的行徑對話裡，悟到一點人情世故和處事的機智。我可以避免犯錯。我喜歡她描繪的日常生活細節，看似瑣碎，卻很吸引我。」你夾在姐姐爺爺奶奶的關係張力跟表兄弟姐妹的往來互動中，的確較同齡的早熟。

「維吉尼亞‧伍爾芙（Virginia Woolf, 1882-1941）分析奧斯丁的魅力所在是『深入事物內部的洞察力』，是這種生活的洞察力和智慧吸引你吧？」

「同意。」

四

《理智與情感》（*Sense and Sensibility*）是你走入珍‧奧斯汀莊園世界的第三部小說。作品裡的情感教育最是驚心動魄。你還觀賞了李安導演的這齣電影，印象深刻。艾麗諾（冷

靜理智）、瑪麗安（多情善感）兩姐妹性格迥異，感情路卻同樣艱辛坎坷。在閱讀小說、觀賞電影的過程中，你不可避免地把自己的感情投射在瑪麗安這個角色裡。故事開始時母女四人生活剛失去了重心。一家之主去世了，莊園落在侄兒一家手裡。母女搬到鄉舍去住。

成長，往往需要付上代價，甚至沉重的代價。一向對愛情抱著浪漫幻想的瑪麗安，對老成持重的布蘭登上校含蓄的情愫並不在意，反而對翩翩公子心儀。自己在一次回家路上因傾盆大雨絆倒扭了腳，一個青年男子（威洛比）湊巧荷槍領著獵犬經過，就把她抱起來送下了山到她的家中。這回英雄救美浪漫的邂逅，發展成熱戀。然而習於揮霍的威洛比至終選擇跟一位富家小姐結婚去，無情地拋棄了她。瑪麗安失魂落魄，又因著涼大病一場，幾乎丟了性命。姊姊不離不棄伺候在側，布蘭登上校善待她們一家。瑪麗安身心療傷的過程，正是邁向成長的過程。她向姊姊艾麗諾自剖，她的病促使她思考反省。她發現與威洛比結識以來，只顧沉浸在二人世界裡。她的一連串行徑，對自己是輕率的，對別人是不厚道的。後來因為感情的痛苦又罔顧自己身體差點送了命。她說：

> 假如我真的死了，那是自食其果。我不知道自己生命垂危，直到脫險之後。……我一心渴望能活下來，以便有時機向上帝、向你們大家贖罪，到頭來居然沒有一命嗚呼！姊姊，萬一我真的死了，那會給你帶來多大的悲痛呀！前些日子你對我的煩惱自私看得一清二楚，對我的心思瞭若指掌！我給你留下甚麼印象啊！還有母親，你可怎麼安慰她呀？我簡直說不出多麼痛恨自己。

瑪麗安從死亡邊緣脫險，對自己以往的率性頗有一番徹悟。她感到有點姑息自己的缺點，似乎傷害了所有的人。譬如詹寧斯太太一貫好意，她不但不領情，還要瞧不起她。對一般相識的人，總是傲慢無禮，不講公道，無視他們的優點。她對

姊姊尤其愧疚，姊姊樹立了榜樣，她更體貼了嗎？她並未仿效姊姊的涵養工夫，設法承擔一點對外應酬之責。她還立願，今後會控制自己的感情，改變自己的脾氣，閉門讀書。

至於好事多磨的姊姊，終於跟意中人愛德華結為連理。布蘭登上校對瑪麗安的一片深情，也漸漸滲入她的內心，他們也幸福地生活在一起了。

《傲慢與偏見》是你踏足珍‧奧斯汀莊園世界的第四部小說。

當傲慢先生達西和偏見小姐莉琪終於和好，小說也來到終局。整部小說就是描繪男主角如何走出傲慢，女主角如何破除偏見的過程。你明知結局，仍津津有味從頭讀到尾。

的確，精彩的是過程。掙扎成長的過程。電影裡面，《理智與感情》、《傲慢與偏見》的結尾，都是一對姐妹跟她們的伴侶，一同在教堂祝福的鐘聲和眾人遍撒的花瓣下，奔向他們幸福的未來。你喜歡這樣的結局和歡樂鏡頭。

五

「一翻開珍‧奧斯汀的小說，總是一頭栽下去，欲罷不能。英國莊園生活太有吸引力了。」你說。

「吸引你的是尋常的男女交往下呈現的人性大觀園，其中有純純的愛、有勾心鬥角、也有利益交易的婚姻。奧斯汀不寫偉大題材，只寫平凡的瑣事。作品裡也沒有浪漫傳奇，只有普通人的喜怒愛怨人際往來。她遺留的六部作品砌成了十九世紀初葉中產階級莊園生活的景觀。當然亦涉及中下階層間的衝突矛盾。不論如何，讀奧斯汀的小說，像經歷一場情感教育的劇場巡禮。」我說。

「很有同感。」你若有所悟。

「珍‧奧斯汀寫的是學者（Robert Liddel）所謂的『純小

説』，不製造大場面或創造許多角色，探討的是角色之間的關係。藉對白細膩地刻劃人物心理和感情世界。注重完美的形式，卻不因此犧牲內容人物的品質。她不賣感傷主義的賬，不理浪漫主義的氣燄。善良，是她堅持的價值準繩，自我的發現是她的平衡杆。新古典主義講求傳統秩序、理性、中庸之道，克制熱情並自我發揮。浪漫主義卻相反。珍‧奧斯汀小說倒融合了二者的特質。」

「大概她獨特的吸引力，就在於她兼具了古典和浪漫的特質。」

六

看著你長大，看著你閱讀經典，可以跟你談古說今，我是喜悅的。

你說，你開始以珍‧奧斯汀的眼光，凝視你居住的那條狹長的老街，觀察往來的街坊鄰里。

「我能洞察出甚麼呢？我能創造出老街獨特的天空和世界嗎？」你問。

參考書目

珍・奧斯汀著，秭佩譯，《曼斯菲爾德莊園》，
台北：林鬱文化，1993。

珍・奧斯汀著，許怡貞譯，《艾瑪》，台北：高寶國際，2006。

珍・奧斯汀著，孫致禮譯，《理智與情感》，台北：林鬱文化，1992。

珍・奧斯汀箸，陳玥菁譯，《傲慢與偏見》，台北：高寶國際，2006。

藍色的浪漫 作品尺寸：56x76cm

給孤軍闖蕩的少女

你走出了感傷自憐的牢籠
在文學疆域發現了一片天
安妮令你全神貫注
那個趕著馬車甩著火紅髮辮的女孩太酷了
安妮瑪莉大衛都是孤兒
他們的旅程就是破碎人格重整的旅程
他們的故事就是失去家園重建家園的故事
他們曾住在樂園
被逐出樂園
努力重回樂園
你驚嘆創作之旅竟然是
回歸心靈家園之旅

十六 創作之鑰

——給孤軍闖蕩的勇敢少女

一

　　這世界在你眼中原是荒漠，直待你步入文學的疆域，發現了一片天；那裡五彩斑斕，令你目不暇給。你發現許多好看的小說裡的主角都是孤兒。主角驟然失去了摯愛、倚靠，原來的世界坍塌了，可能連舔舔傷口的機會也沒有，就被迫面對險惡的人世旅途；你走出了感傷、自憐的牢籠，擦擦淚，就向新的世界闖蕩而去，冒險之旅開始。

　　你的挑戰跟《清秀佳人》（*Anne of Green Gables*）主角安妮的挑戰不遑多讓，同樣有著峰迴路轉的人生，躁性子的小鴨子蛻變為展翅的天鵝。你的旅程幾乎跟《秘密花園》（*The Secret Garden*）主角瑪莉的旅程重疊，只不過你走進了文學花園，而她發掘了一座秘密花園。《塊肉餘生錄》（*David Copperfield*）主角大衛是男孩，從被霸凌的孤兒長成男子漢的路，艱難辛酸得多。他們的人生前期跌跌蹡蹡的，成長路上卻有天使。安妮給馬修、瑪莉娜收養，瑪莉被送到姑丈莊園，遺腹子大衛在母親去世後被繼父虐待，歷經童工流浪兒的折騰找到了姑婆。安妮、瑪莉、大衛，在作家筆下原都是有待雕琢的璞玉。

　　三本書都抹著一層浪漫的光暈，都寫回「家」的故事。故事開始，他們失去了家園；旅程就是追索尋尋覓覓的過程；終點，他們回「家」了。舊世界崩陷了，他們尋找新世界。故事開頭家毀人亡，經過一番磨難掙扎，破碎的人格被重整模塑，新家園創建了。而你，在爺爺奶奶（你生命中的天使）那兒重整你的人生，在文學的殿堂裡找到心靈的家園。

　　學者喬瑟夫・坎伯（Joseph Campbell）說：

所有故事都來自一個故事：人類曾住在樂園，我們被逐出樂園，我們努力想重回樂園。

換句話說，就是失樂園和復樂園的故事。
　　閱讀領著你成長、突破、跨越、飛躍。

二

　　在一場誰也料不到的車禍中，你失去了雙親——遮蔽你的天空，爺爺奶奶接你去一塊生活。淚痕未乾，就得面對陌生的環境、全新的社會關係——鄰居、同學、玩伴，挺大的挑戰。那年你十二歲。

　　有一天我去探望你的爺爺奶奶，見你蜷縮在沙發裡入神地看卡通連續劇：《清秀佳人》，那是日本一九七九年製作的「世界名著劇場」系列動畫片集。它忠於原著，一章一集。片頭那個趕著馬車甩著火紅髮辮的女孩令你全神貫注，你壓根沒聽我們的談話。主題曲是用日語唱的。只見馬車越過無數繽紛的景致，紅髮女孩則神采飛揚，眼球燃燒著火焰。我在你睫毛底下也看到閃爍的光芒。只因她是給年事已高的馬修和瑪莉娜兄妹收養的孤兒，她的成長牽繫了你每一根神經。我把《清秀佳人》的英文原著和中文全譯本一併拿給你看，你品嘗到原味，你自動放下了手中的縮寫本。一個半月下來，一章一集並比的文字閱讀和劇集觀賞，帶給你的是無窮的樂與趣；　電視劇結束，居然也讓你讀完了整本長篇少年名著，還能交出暑期詳盡亮麗的課外閱讀報告，老師給了你甲等。你懷藏著喜悅，如同初嘗甜酒的女孩，舌尖的甘香讓你回味良久良久。

　　你開始寫自己的感受，講自己的故事。

　　安妮老愛對著綠屋（green gables）小樓窗外的天空陳述自己的夢想，你也做了自個的友伴，學會仰望天空；紅髮安妮跟

一九七九年動畫《紅髮清秀佳人》

黑髮戴安娜成為莫逆之交，你也跟小麗成為良伴。安妮聰明有天分，跟幾個同窗一塊在野外創作故事甚至演劇。有一回她們把湖畔平底船佈置成喪舟，讓安妮躺著；安妮認真地飾演隨水漂流的百合公主艾蓮娜，不料船底有裂縫，船撞向橋柱樹椿的一瞬，她幸虧攀上去了。偏偏她的課堂勁敵也是死對頭的吉魯伯特划船經過，她只好硬著頭皮跳上他的船。可憐那些同伴跑到另一個岸邊，不見百合公主只見沉船，都驚嚇住了。

　　而你，參加中學劇社。那真是青春歲月的大紀事，小說和朋友使你們不再孤獨。山谷有了回音，人生畫板增添了色

彩。安妮經常跟馬修和瑪莉娜表述自己所見所聞所感所觸絮絮叨叨，你也試著跟爺爺奶奶講述內心的傷痛不安。安妮找到了「家」，卻也為馬修瑪莉娜一板一眼的生活節奏注入了情趣生氣。你也成了爺爺奶奶眼中的天使，如同小石子為他們波平如鏡的生活製造了漣漪。安妮在朗誦上表現出色，你不甘人後也代表學校參加校際朗誦比賽。小說裡的安妮畢竟跟現實的你性格迥異，她樂觀你悲觀。雖然你們同樣滿腦子幻想，但比起安妮你可乖巧得多，從安妮角度看也許就是畏縮怕事啊。這是安妮吸引你的原因吧？

　　你說那年暑假透過深層閱讀走入安妮的內心世界，認識了這麼了不起的朋友。

　　片頭設計紅髮飛舞的安妮形象，預示她的倔、激、傲、真，不向命運妥協的脾氣。怎麼個倔激傲真？她住進綠屋後的第一個訪客瑞秋夫人就踩到她心頭的地雷。這位訪客當著瑪莉娜的面劈頭就批評安妮的長相：真瘦得皮包骨呀，滿臉雀斑呀，頭髮紅得像紅蘿蔔呀。安妮哽咽怒道：「我討厭你討厭你討厭你！」事後硬著頭皮道歉。帥哥男同學吉魯伯特的捉弄可沒那麼容易原諒。他抓住安妮的辮子叫道：「紅蘿蔔紅蘿蔔！」安妮拿起石板砰的一聲敲在吉魯伯特頭上，石板裂成兩半。是你，可沒這膽量。你說，讀小說就有這種痛快，補了你人生或性格中的缺憾。《湯姆歷險記》的作者馬可吐溫，曾稱讚安妮是繼愛麗斯（《愛麗斯漫遊奇境》的主角）以來最可愛的女孩哩。

三

　　《秘密花園》女主角瑪莉跟《清秀佳人》女主角安妮一樣，同是孤兒。瑪莉出生於印度，父親打英國政府工，母親經常出入宴會作樂。她在自家府邸稱王作霸，嚇跑了一個又一個

的家庭女教師。然後九歲那一年，一個炎熱的早晨神秘氣氛彌漫府邸，印度僕人保母都不見了。瘟疫散播，人們死的死逃的逃。她找到餐廳剩餘的東西吃了，又喝了滿滿一杯紅酒，醒來給人找到時，全屋子只剩她一個小人兒。她一夜之間喪失了雙親。她給從印度送回英國姑丈的檞鶇新生地莊園時，還是個驕縱任性的刁蠻女，不料卻展開了新生的旅程。

　　若説印度的府邸對瑪莉而言是封閉的堡壘，在那個小宇宙裡她頤指氣使作威作福；那麼新生地莊園對她而言則是開放的天地，在那個世界裡她發覺除了自己還有別人。她原以為莊園裡除了自己再沒有別的小孩。莊園裡有一百間房間供她探險，在幾次風雨之夜裡隱隱聽到了類似小男孩的哭泣聲，她終於找到那個秘密房間。她從小男孩身上看到活脱脱印度小王侯跋扈撒野的樣子，原來表弟柯林就是自己的一面鏡子。女僕瑪莎千方百計替在外浪遊的主人柯萊文先生藏著的小癱子給瑪莉發現了，她們馴不了的小男生倒讓小瑪莉治得服貼，還兩小無猜。

　　從瑪莎口中她早已聽説一座秘密花園，自從柯萊文太太去世後關鎖了十年。主人不讓任何人進去，門鎖了，鑰匙給埋了。瑪莉往外探險時，從一扇灌木叢中的門來到一個大花園，走道盡頭有道很長的牆，長滿常春藤。穿過一扇綠門來到四面有圍牆的花園。穿越一扇又一扇的綠門，發現更多的牆。就在果園外牆上她聽到紅胸知更鳥的召喚。就在這隻鳥找蟲吃的土堆中，她發現了埋在地裡的秘密花園鑰匙，找到了深藏濃密常春藤後隱秘荒廢的花園。

　　知更鳥的呼喚，喚醒了瑪莉沉睡的心靈。那是大自然的呼喚。聆聽和覺醒幾乎同時發生，不也令你心弦發出共鳴，開始閱讀大自然這本書，並開始創作之旅嗎？你幾時追隨這呼喚，大自然蘊藏的寶藏、生命的奧秘即一一向你慷慨地開啟。你會找到那把創作之鑰的，跟小瑪莉一樣，是自我認識的開始，認識自個與世界跟周圍的人際關係，挖掘自我的價值，探索愛的真諦。瑪莉探尋秘密花園之際，不料竟把自己生命巨大的潛質

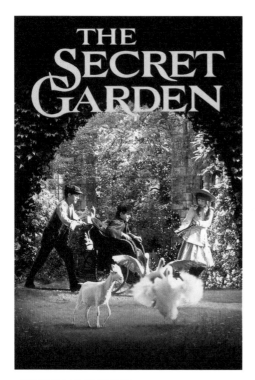

《秘密花園》電影場景

能量挖掘出來，並也拓出了自己心靈一片天空。秘密花園耙鋤
播植的過程，也就是小女孩內在心性成長的過程。

　　當然秘密花園不是瑪莉一個人能墾拓出來的。瑪莎弟弟
狄克森簡直是小牧神，能聽鳥語，跟小動物交談。瑪莉跟他學
園藝、種植。他們讓柯林坐上輪椅，把他從自憐的小宇宙推出
來，推向陽光大地。他們恢復了秘密花園的色彩，讓柯林從輪
椅上站起來，一切都瞞著僕人管家醫生甚至柯萊文先生。他們
就像秘密鍛練的士兵，終於讓眾人亮眼吃驚。

　　這部小説你嫌濃縮本不夠味不過癮，寧可選讀全譯本。一
九九三年電影版的花園景致和配樂可讓你著了迷。

四

　　大自然之於安妮、瑪莉、大衛，既是啟蒙良師，亦是療傷的益友。

　　《清秀佳人》作者露西‧蒙歌馬利（ Lucy Montgomery, 1874-1942）為安妮預備的成長、創意空間是以加拿大愛德華王子島上的艾凡利鎮（Avonlea）為場景的。安妮初次在馬車上看到兩旁夾道的蘋果樹，形成長列的白花天篷，驚呼它為「歡欣的白濛道」，把巴利湖取名為「閃耀之湖」。馬修死後，綠屋成為她竭力捍衛的家園。《秘密花園》作者法蘭西斯‧班內特（Frances Burnett, 1849-1924）為瑪莉預備的成長、創意空間是以檞鶇新生地莊園（ Misselthwaite Manor ）為場景的。這些場景為孤兒心靈的成長提供良好土壤，好比一塊精美的畫布可任他們在其上盡情揮灑創作。瑪莉耕耘的地方正是她竭力去培育的家園。她的姑丈終於結束浪遊生涯回家了。

　　正如蒙歌馬利寫《清秀佳人》故事有自傳色彩，狄更斯（Charles Dickens, 1812-1870）長篇巨著《塊肉餘生錄》也有自傳色彩。主角大衛因人生接二連三的打擊加上妻子朵拉病死而離開英國雲遊四方。後來他從義大利進入瑞士一個山谷。夕陽中他聽到小溪的喧嘩聲和牧人遙遠的歌聲。

　　我幾乎相信，歌聲來自雲中，並非塵世的樂曲。在這一種寧靜中，大自然突然對我說話了；安慰我，令我把疲倦的頭枕在草上，然後開始朵拉死後第一次哭泣。

　　他在山谷中住下來並開始寫作，完成了一部小說，虧損的身子也復原了。

　　他的心靈覺醒，發現青梅竹馬的艾妮斯才是他夢寐以求的終身伴侶。

　　結局是他啟程回家了。

　　創作之旅，就是回歸心靈家園之旅。

參考書目

露西‧蒙歌馬利：《清秀佳人》，寂天文化，2005

法蘭西絲‧班內特：《秘密花園》，寂天文化，2003

狄更斯：《塊肉餘生錄》上，遠景，1992

狄更斯：《塊肉餘生錄》下，遠景，1992

百合 作品尺寸：79x113cm

給人生破碎的少年

亞當夏娃背叛神從樂園被逐
人類第一個家庭破碎
地球第一件兇殺案來自嫉恨
哥哥把弟弟殺了
背叛仇恨貪婪掠奪兇殺死亡
古典文學尋常的主題
暗夜裡往往點燃愛與救贖的光
人與命運抗爭和上帝抗爭
經典悲劇的主題
代罪的羔羊是主角
經過罪與苦難熬練的心靈
成為祝福的源頭
生命破碎有時醫治有時
撕烈有時縫補有時
閱讀給你帶來成長的契機
走出幽谷

十七　救贖之鑰

——給人生破碎的悲傷少年

一

　　你說你的人生碎了，好比一面完整的鏡子碎了。雙親離異，家園碎了；學業一落千丈，被拒於心儀的大學門外；甚至自我形象亦碎成片片。「救贖之路在哪兒？」你問。聖誕節期間一家家溫馨的團聚畫面看在你眼底，不就像一把利刃刺在你心口上嗎？你幾乎棄掉上帝。

　　《創世記》第三章描繪原罪的由來，記錄了人類第一個家園破碎的故事，也記錄了人類美好形象破碎的故事。神造萬物看為美善，祂造的人甚至是按祂的形象樣式所造。有一天這個形象碎了，因為試探者（撒旦）潛入了伊甸園，向夏娃花言巧語，誘她背叛神。亞當夏娃至終被逐出樂園。

　　甚麼引致人生或這個世界支離破碎？背叛、仇恨、爭競、貪婪、驕傲，掠奪、兇殺、戰爭、死亡、地震、洪水、瘟疫等等天災人禍人生的苦難。這就是古往今來日光之下的寫照，歷史的畫面，也是文學的主題。

二

　　破鏡能重圓嗎？家園能重整嗎？形象能恢復嗎？人吃了禁果之後，上帝首先咒詛蛇並說了預言，很像謎語。

　　我又要叫你和女人彼此為仇，你的後裔和女人的後裔也彼此為仇。女人的後裔要傷你的頭，你要傷他的腳跟。

預言指向十字架。基督教釋經學者指出，人類都是男人後裔，惟獨耶穌藉童貞女所生，是女人後裔。他在十字架上傷了撒旦的頭，是致命的，撒旦不過傷他的腳跟。這救恩的預言起初是個奧秘，卻藉歷史進程而漸開啟。

　　上帝指出醫治的路。方法是：開啟一條贖罪的路，這條路就是上帝兒子。他道成肉身，跟人一樣有血肉之軀，這個血肉之軀有一天要完全破碎，像餅一樣劈開，流出同酒一樣鮮紅的血。他竟然像罪犯被掛在木頭上，肉體被撕裂，心也被刺透了。使徒約翰描繪這幅景象：「有一個兵拿槍扎他的肋旁，隨即有血與水流出來。」耶穌的肉心實實在在碎了！這顆破碎的心成為醫治贖罪的源頭。使徒保羅說：「因一人的悖逆，眾人成為罪人；照樣，因一人的順從，眾人也成為義了。」贖罪的路是破碎的路。因一人自我的破碎而通向醫治的路。

　　俄國托爾斯泰（ Leo Tolstoy, 1828－1910 ）《 復活 》（ *Воскресение* ）的男主角就因為向罪死、向自我死，而經歷復活、重生。托爾斯泰根據當時一樁真實個案構思發展的長篇作品。男主角年輕時凌辱了一個女子，一走了之。十年後他成為軍官。這位女子後來淪為妓女，出現法庭上被控殺人。這位軍官是陪審員，認出他當年欺負的女子。他的罪孽造成這位女子的人生支離破碎。他的良知受撞擊，覺得自己實在卑鄙無恥。他反省自己這十年渾渾噩噩過日子，他懇求上帝清除他身上一切污穢。小說描述他開始贖罪的旅程，他下決心陪女主角出發去服刑。首先他替女主角請律師，其次他把土地交給農民，然後他為求助的犯人奔走。他徹底的悔改不但帶來女主角心靈的復活，也帶來自己生命的轉機。托爾斯泰描述男主角對女主角悲憫的感情：

　　這種感情打開了他心靈的閘門，使原先找不到出路的愛的洪流滾滾向前，奔向他所遇見的每一個人。（《復活》第三部第五章）

霍桑（ Nathaniel Hawthorne, 1804-1864 ）《紅字》（*The Scarlet Letter* ）也有類似的描寫。作品第二章寫女主角赫思脫抱著不滿三個月的女嬰步上絞刑台，示眾三小時，接受當地民眾的羞辱嘲笑。她被發現有孕時就被拘入獄。在十七世紀美國清教徒領地波士頓，這是觸犯了頭號姦淫罪，她卻堅持不透露奸夫姓名。法官遂判決令她終身穿著一件繡有紅色A字（代表不貞Adultery）的長袍，死後紅字還要刻在墓碑上。赫思脫甘心一人受苦，並對不幸的人伸出同情的援手，她同時計劃要把情人從絕境中救出來逃到自由的天地去。到了私生女小珠兒七歲時，鎮上居民早已習慣赫思脫胸前的紅字。由於她總是低姿態地過日子，親手做工養活自己和女兒，還樂於與窮困的人分享財物，幫助人，哪怕是那些惡待她的人。第六章有一段這樣的描寫：

她把所有的居民當做她的家人，她雖然被人摒棄在外，但從不以客人自居，只要有遭難的家庭，她就毫無猶豫地走向他們。她胸前那繡花的字母在那些黯淡的家庭裡閃爍著，彷彿帶著慰藉似的，幸臨到一切渴求的靈魂。

罪犯的記號竟變成天使的記號。這段描寫跟《復活》第三部第五章男主角死而復生的精神異曲同工。經過苦難熬煉的心靈都成為祝福的源頭。象徵罪惡的紅字竟成為善行的記號。終於有一天私生女的父親丁米思牧師在一場祝賀新州長選舉的演講後，朝向受刑台帶著母女向群眾大喊：

新英格蘭的子民！你們曾經那樣愛戴我、尊敬我，認為我完全純潔神聖，可現在請看站在這裡的我，世間一個罪人！我終於能站在我七年前應該站的地方了！

牧師撕開領帶，他胸膛烙上腥紅的A字。身心交瘁的他倒了下去，死在台上。完成了「罪的代價乃是死」的主題。

三

希臘劇作家索福克里斯（表Sophocles, 496-406B.C.）悲劇經典作品《伊狄帕斯王》（*Oedipus The King*）寫人與命運或人與上帝的抗爭。主角就是代罪羔羊。

序幕裡，祭司來到王前陳述國家一片破敗光景：

> 伊狄帕斯啊你瞧瞧這個城，就像破碎的扁舟，正捲入死亡的漩渦裡。田野龜裂、麥花枯萎、牛羊瘟死，婦人流產，瘟疫降臨。我知你聰穎過人，懂得天人奧秘。以往底比斯被那個人面獅身的魔怪掌控，你解了牠的謎題，把我們救出來，求你再次為百姓解除困厄吧。

伊狄帕斯王舅正好從神殿取回神諭。神諭說：「城中有罪孽，蠶食其命脈。罪孽不可容，定要連根拔，若不速消除，困厄無寧日。」王問：「如何消除？」答道：「可以放逐他，或者血債血償。」「是甚麼罪孽呢？」「有人被殺，冤魂不息。」「誰被殺？」「是先王。」原來神諭表示追究殺害先王的兇手，災難便可解除。伊狄帕斯王決定不惜緝兇。原來先王被殺後他才踏足底比斯城，由於他破了人面獅身怪物Sphinx斯克芬斯的謎，也解了該城的魔咒，底比斯人擁戴他為王，而他也娶了王后。他義正詞嚴道：

> 指證兇徒有厚賞，若知情不報他就要替天行道，為先王主持正義。若有人膽敢包庇，必受悲慘處分。違令的君民同罪。不聽命令的求神降罪，令他五穀不登、妻子不孕、瘟疫降臨、萬劫不復！

伊狄帕斯無知於自己的身世和先前自己所行的。

幾經曲折，伊狄帕斯追查兇手相關人物，一環扣一環，充

滿懸疑。一開頭盲眼先知泰理斯亞Tiresias叫他不好追查下去，「我們兩個各有各的命運，我們各自承受自己的命運吧！」先知不肯講出真相，兩個人對罵。到最後先知只好說：「是你逼我的，你要追查的兇手就是你。」王不相信，罵先知眼前漆黑一無所知，懷疑是王舅教唆先知這麼講的。先知可憐他說：「你的敵人不是王舅克里昂，而是你自己。」案件查到最後連王后都恐懼忍不住狂呼：

看老天爺份上，為你著想，不要追查啦，這些苦痛我受夠啦！你不知道會查出甚麼結果來。但願你永遠都不知道你的身世。伊狄帕斯，你這個可憐人！

追蹤的結果，兇手並非別人，正是自己！伊狄帕斯從起初自信滿滿到最後自我形象破碎，有一段過程。從起初認真追查兇手到後來熱切要追查自己身世，有個過程。到底我是誰？從起初抗拒被先知指控是兇手、懷疑王舅和先知共謀奪權，到最後放棄掙扎全然降服神諭。他說：「好吧，命運到哪裡，我就到哪裡吧！」

怎麼回事？原來到底比斯之前，他原是自己國中王子，得悉預言自己將要殺父娶母，於是避到國外。在三岔路口和一輛馬車上的長者起爭執，把對方和隨從殺了。而當時底比斯城正被人面獅身魔怪轄制一團亂，他為底比斯百姓解圍立功就做了王。豈知三岔路上的長者才是伊狄帕斯親父，而他竟娶了自己生母。原來底比斯先王獲悉預言將死在親子手裡，嬰兒出生不過三天，就託使者把他棄置荒郊。使者因不忍之心而把嬰兒送給鄰國人，那人又轉送給當地國王，嬰兒的腳踝傷便是明證。伊狄帕斯一直要躲避自己的命運，結果卻躲無可躲避無可避自投羅網陷入命運圈套。王后懸樑自盡，他就用王后長袍上的金扣高高舉起，插入自己眼中。他說：「滔天大罪我一人當。」他並非宿命論者，他說是他親手弄瞎自己雙目，是自我選擇。

他離城自我放逐以止息城中災劫。

因一人受罰，全城獲救，且以一人之身承擔起全城的罪罰。

四

人生的破碎、醫治都有定時，好比一年四季。每個季節都有各自的角色使命：春耕夏長秋收冬藏。傳道書作者說：

殺戮有時，醫治有時；拆毀有時，建造有時；哭有時，笑有時；哀慟有時，跳舞有時；⋯⋯撕裂有時，縫補有時；⋯⋯爭戰有時，和好有時。

殺戮、拆毀、哭泣、哀慟、撕裂、爭戰，都是人生破碎的季節裡發生的，建造、歡笑、跳舞、縫補、和好，都是人生醫治的季節裡發生的。

索福克里斯在《伊狄帕斯王》成功演出後，又再寫續集《伊狄帕斯在科諾斯》（*Oedipus at Colonus*）。伊狄帕斯多年放逐流浪後，到了臨終之日，不但洗清一切罪行，還護佑他所祝福的人和城邦，確是經歷了破碎的季節和醫治的季節。

親愛的少年，人生破碎雖帶來痛苦，卻也帶來成長的契機。對有信念的人而言，生命經過水火的歷煉，就通往豐富之地。

文學作品筆下豐富燦爛的生命，都是經歷破碎走過水火的。

紫色的夢 作品尺寸：56x76cm

給愛幻想的女孩

男女主角初次邂逅
你砰然心動
簡愛如何巧遇荊原莊主人？
太陽緩緩沉落
她正坐在山頭享受當下美景
一匹駿馬給竄出的狗驚嚇
在薄冰上滑了一跤
騎士演出一幕人仰馬翻的鏡頭
瑪麗安如何巧遇威洛比？
在傾盆大雨的歸途中她扭傷腳
公主落難王子適時出現
威洛比湊巧荷槍領著獵犬經過
就把她抱起來送回家
莊園和古堡的魅力
在於背後關鎖著不為人知的祕密
從追情節到探索人物內心
你的閱讀旅程蜿蜒曲折
你琢磨著如何拍電影
從小說哪一章先切入
再倒敘主角坎坷的童年

十八　愛情之鑰

——給愛幻想的做夢女孩

一

「課餘讀些甚麼？」一年不見，跟你聊讀物。

「愛情小說。」你不假思索道，臉兒可一點都沒紅。跟一年前的你判若兩人。

那時你遮遮掩掩不讓我翻你看的床頭書，你姐姐借回來的言情小說、愛情故事。

它們全以情節取勝，曲折離奇，賺人熱淚。看多了，倒讓你看出了一些恆常的公式。如今十五歲的你，早熟、硬朗，不會忸怩作態。為了打破跟你之間的隔閡，我得從愛情小說下手啊。

二

我遞給你遠流出的《簡愛》（ *Jane Eyre* ）譯本，不出所料，你很快的翻啊翻的，從第十一章讀起。女主角的童年怎麼過，怎麼熬出頭的？你可沒耐性看。要調校你的閱讀胃口得費點勁！你的好奇心專注在女主角的愛情奇遇。簡愛離開羅伍德寄宿學校展開新生活，到荊原莊任男主人羅徹斯特先生監護的小女孩亞黛兒的家庭教師。她不過十八歲，你很容易就套入她的世界裡。三個月平靜無波地過去，男主人還未回來。第十二章男女主角初次邂逅的情節令你屏息，讀得很慢。正如所有情竇初開的女孩，你留心所有愛情故事裡男女主角初遇的情節。你豈會忘記珍‧奧斯汀（Jane Austen, 1775-1817）在《理智與

二〇一一年版電影《簡愛》宣傳海報

感情》（*Sense & Sensibility*）裡安排女主角瑪麗安初遇威洛比的光景？她在一次回家路上因傾盆大雨絆倒而扭傷了腳，翩翩公子出現了！他湊巧荷槍領著獵犬經過，就把她抱起來送下山她的家人那兒。公主落難，王子適時出現，是你聽不厭的故事。你未料到《簡愛》男女主角初遇的場景竟也在山上哩！然而這回落難的是墮馬騎士，扶起他的竟是硬朗性子的另類公主哩！

親愛的女孩，你可留意到作者夏綠蒂‧勃朗特（ Charlotte Bronte, 1816-1855）為這場初遇用好些篇幅醞釀的氛圍？一般流行小說豈會這般鋪敘？簡愛經常一個人在庭園散步，也愛到

頂樓遠眺山野天際，或到三樓走廊踱步，在幽靜孤寂中任心靈的翅膀飛翔，藉想像創造出絢爛繽紛的故事。這也是你準備升高中聯考壓力下偶爾會有的幻想情景。一個天清氣朗的冬日午後，她靜極思動，要替管家菲爾法斯太太寄信，就戴上軟帽穿上披風往乾草村走去。這就是所有拍過《簡愛》電影裡漫步寂寂曠野典型的簡愛身影，包括二〇一一年發行的版本（**Cary Fukuaga**導演）。旅途儘管寂寞，然而下午三點時教堂鐘聲響起，太陽緩緩沉落，她享受著那一刻的美和沿途賞心悅目的景致。她已經走了一英里路，便坐下來休息。她坐的地方可以俯瞰荊原莊，一直逗留到太陽在樹叢後沉落，月兒升起。就在這當下啪噠啪噠的馬蹄聲打破了寂靜的空氣，榛樹幹旁溜出跟隨的一條狗。馬兒跟著出現了，簡愛眼中看到的「**是匹高高的駿馬，上面還坐著一個騎士。**」卻在路面的薄冰上滑了一跤，跌了個人仰馬翻。一聲驚呼「**媽的，這下可好了！**」緊接著轟隆聲響，馬兒呻吟，狗兒狂吠。接下去的情節是騎士一邊爬起再

花夢(Siu Ching)

度跟蹌滑倒的過程，咆哮聲狗吠聲交織一片。善良的女孩堅持幫忙，壞脾氣的騎士終於弄明白荒野上突然冒出來的女子是荊原莊新聘的家教，他卻隱藏自己的身分，忍著痛扶著女孩的肩跨上馬，如一陣狂風席捲而去。

你認為這場邂逅不如瑪麗安初遇威洛比的浪漫，卻夠酷！甚至對簡愛來說，這件事發生過也就過去了。不過一成不變的生活中有了一個小時的變化。然而對世情充滿憤鬱的荊原莊主人而言，心弦卻不免給撥動了。

三

你發覺情節發展比你閱讀的流行小說來得緩慢，就不急著追下去了，反而回頭補讀你跳過的前十章。是甚麼家庭環境學校教育模塑成今天簡愛的性格？或者說是甚麼成長背景淬煉夏綠蒂寫出這部不朽愛情經典？其父勃朗特先生是牧師，育五

夏綠蒂‧勃朗特

女一男（夏綠蒂是三女）。住宅座落霍沃斯人煙稀少荒涼貧瘠與世隔絕的山村峭壁坡上，周圍全是荒山峻嶺，為抵禦狂風暴雨，房子用石頭建成。生活艱困可想而知。四女艾蜜莉（Emily Bronte, 1818-1848）的《咆哮山莊》（*Wuthering Heights*）大抵是以這樣的環境為背景模塑的吧？

想想擺在簡愛面前的荊原莊家教生涯，她將面對種種衝擊：感情與道德禮法間的考量，個人幸福與核心價值之間的稱度等等，她如何掙扎並走出困境？你省悟到情節若不是由人物的內涵性格氣質牽引帶動，必然缺乏藝術的說服力和感染力。知道故事結局豈那麼輕易就滿足你正茁長的智性？你正學習品賞那千迴百轉患得患失男女感情較勁的過程。

第一章就掀開了十歲孤女在寄養家庭的困窘處境和夾縫中求存找樂子的本能：寒風刺骨的冬日午後，三個表兄姐簇擁在他們媽媽身邊，她被排擠在外，勢單力孤。（她經常受欺凌，無緣無故吃表哥拳頭，遭舅媽禁閉。）她不聲不響溜進早餐室，從書櫃拿出《英國禽鳥史》，爬上窗台盤腿而坐，拉攏窗簾，找到滿是插圖的書頁看。

那些海鳥住在孤岩獨岬。一些說明文字吸引著小女孩：

那裡北洋，以巨大漩渦
席捲遠至北極荒蕪沉鬱之島
而大西洋之驚濤駭浪
湧入狂風暴雨肆虐之海布里地群島間

這段類似詩的說明文字成為小女孩神馳的天地。它不僅襯托出小女孩的孤獨，也預示她人生即將遭逢的命運。不久，一股巨大漩渦果真把她席捲至極其荒蕪沉鬱之島：羅伍德寄宿學校。其後她在荊原莊的寧靜甜蜜日子亦很短暫，莊園遭肆虐，她浪跡他鄉。

羅伍德寄宿學校有凶暴的老師，也有如天使般的老師田波爾小姐。她總是站在學生立場在鄙吝的校督前力爭一點甚麼。

學校裡有欺凌現象：學生一直吃不飽，大女孩逮著機會總要小一點的把糧分出來。壁爐前總是圍著兩排大女孩，小一點的只能在後面擠成一群蹲著。男校大欺小的霸凌事件在狄更斯《塊肉餘生錄》亦可窺一二。

　　瘟疫（斑疹傷寒）席捲羅伍德學校，學生處於半饑餓狀態加上感冒延治，一半學生都倒下了，死亡籠罩學校。有一天早上，有人發覺簡愛攬著對方脖子睡的好友海倫已經沒有鼻息。瘟疫肆虐後，許多內情被揭露，引起公憤，學校遷到比較好的地點，有了情理兼顧的新規章，衣食改善了。簡愛總算得以好好成長至羽翼豐滿獨立飛翔。

一九三九年《咆哮山莊》電影宣傳海報

勃朗特先生曾把四個女兒送往卡斯特頓寄宿學校念書，由於學制嚴苛、條件惡劣，長女二女染病夭折，三女夏綠蒂四女艾蜜莉才給接回家。羅伍德學校顯然有卡斯特頓學校的影子。在寄宿學校這樣環境中熬煉出的生命，彷彿荊棘中挺立的一朵玫瑰，也只有走過黑暗的風暴洞悉世情的荊原莊主人羅徹斯特先生懂珍惜，以她為未鑿的璞玉，捨高貴美麗能歌善琴的白蘭琪而親就她。

四

　　莊園或古堡的魅力，在於它們關鎖的房門背後隱藏不為人知的秘密或故事。夏綠蒂妹妹艾蜜莉寫的《咆哮山莊》第三章，敘事者在山莊作客暫住的房間，正是去世的女主角凱瑟琳住過的房間。他翻看她留下的筆跡日記，然後不斷做惡夢。當晚風在怒號，雪在紛飛，樹枝發出惱人的聲響。他用指節骨敲碎玻璃，伸出手臂去抓那搗亂的樹枝，卻握住了一隻冰冷小手的手指頭！想把胳膊抽回來，那隻手卻緊抓不放，一個極其淒慘的聲音嗚咽道：「放我進去放我進去！」「我回家來了，我在荒野上迷了路！」

　　偌大荊原莊也隱藏著不欲人窺伺的秘密。半夜三樓房間不時傳出惡魔般的笑聲，低微、壓抑、深沉，簡愛起身開門，發現門外有支點燃的蠟燭，而煙霧從主人的門衝出來。她看到帳子著火，火舌圍著床，烈焰中央便是熟睡的羅徹斯特先生。她衝到臉盆水罐那兒把水往火焰上澆，再奔回自己房間把自己水罐的水也拿來淋。簡愛救了男主人一命。到底是誰欲置男主人於死地？婚禮前一個晚上，簡愛睡意朦朧中見一個如同鬼魅的瘋女人來到她房中把她的婚紗撕成兩半扔在地上，用腳去踐踏，一雙燃燒的充血的眼睛俯瞪著她。她昏厥了。醒來以為是夢，然而婚紗的的確確給撕成兩半。婚禮上有人宣告這婚姻不

合法，理由是「前次婚姻還存在」。冒出的人就是莊園裡那個給關鎖的瘋女人弟弟，羅徹斯特先生的妻舅。這對新人是當頭棒喝！十五年前羅徹斯特先生並不曉得自己娶的女人來自三代都是白癡瘋子的家庭。一幫人去莊園打開那個神秘的房間，那瘋子立刻撲上來掐住男主人的喉嚨，兩人扭打，他卻不肯出重拳。「所謂的夫妻間的擁抱，就是剛剛那樣了。」

作者善於以季節容顏襯托人物內心的變化。簡愛發現「仲夏之際，盛放的玫瑰讓積雪給壓垮」了！「昨晚還紅烈烈地繁花似錦的步道，今天已是覆雪滅徑荒涼無路」。她面臨生命最大的考驗：她發現她的愛情在她心裡面顫抖著，「像個受難的小孩在冰冷的搖籃裡，疾病和痛苦攫住了它」。她好像躺在一條乾涸的大河床上，聽見洪水在遠處山脈上奔洩，它就要奔過來了。她渴望死去，只剩一個念頭：對上帝的記憶。她打自心底呼求「別遠離我，苦難將近，無人幫助。」卻無法言語。她終於以淬煉的意志選擇夜裡孤身離開，在他鄉艱難求存；後來她應著內心的呼喚回來探望，才知悉羅徹斯特妻子一把火把荊原莊燒成了灰燼，然後墮樓身亡；羅徹斯特為救家中其他成員左臂折斷，眼睛亦瞎了。簡愛這回反而選擇留下。兩次生命的重大抉擇，同樣勇毅、壯烈。

五

男女主角在你眼中全是性格巨星，你已經在你腦海裡拍了一齣你個人版本的《簡愛》電影。不一樣的閱讀角度，不同的演繹，不同的說故事方式。二〇一一年發行的版本：故事從簡愛孤身離開荊原莊開始的，以回憶鏡頭、倒敘的方式描繪她的心理。

英國國家廣播公司則拍了四輯電視劇，原汁原味。夏綠蒂·勃朗特原著小說從童年開始，自傳體，話說從前，跟狄更

斯《塊肉餘生錄》寫法相似。一個寫孤女，一個寫孤兒。我相信你來拍電影的話，大概會從第十一章她前往荊原莊任家庭教師切入吧？再倒敍童年受虐和寄宿學校的嚴苛生涯。對嗎？

參考資料：

李文綺譯：《簡愛》，台北：遠流出版公司，2009年

孫致禮譯：《咆哮山莊》，台北：新潮社，2003年

願景　作品尺寸：56x76cm

給熱愛陶藝和現代詩的女子

你學空間設計熱愛陶藝
你經常尋訪古屋
徜徉於後現代建築群
你欣賞現代詩意象之奇
你性格兼具溫柔剛毅之美
你在城市找尋夢想
跌得滿身是傷
至終回歸田園
擁抱鄉土
你依然親手製作陶藝
文學依舊是你貼身的良伴

十九　意象之鑰
——給創造寫意空間的溫婉女子

一

　　四月，乍暖還寒的日子，我來到了苗栗，認識了年輕的你，純真、溫婉的女子。

　　你在聯合大學建築系教空間設計，你是陶瓷藝術的愛好者，餘暇喜歡獨自去尋訪古屋一些尚存的古老建築。你到圖書館幫我找來《重修苗栗縣志》卷廿八〈文學志〉，引我注目的是廿二位苗栗詩人群像。你細膩地和我分享陶瓷藝術的美，我亦樂於跟你分享現代詩意象之奇。

二

　　首先吸引我的是二〇〇四年去世的詹冰。他於一九二一年出生於苗栗縣卓蘭鎮，一九四四年於東京藥專畢業。他是跨越日文、中文寫作的一代。五十年代紀弦等人倡導現代派之前，詹冰發表的第一首詩〈五月〉，早已具革命性、充滿前衛精神。

　　五月
　　透明的血管中
　　綠血球在游泳著——
　　五月就是這樣的生物

　　五月是以裸體走路

在丘陵，以金毛呼吸
在曠野，以銀光歌唱
於是，五月不眠地走路

　　那是五月的一天，詩人下課後還留在二樓教室，靠窗眺望著校園裡正發芽的櫻樹，靈感忽至。不消兩分鐘一首詩醞釀成形，於是快筆直書一揮而就。

　　當我走在苗栗五月這種生物飽滿的軀體中，滿目是綠林，正是「**透明的血管中，綠血球在游泳著**」的寫真。春天，的確是一種奇妙的生物；跟一甲子之前北國（東京）的五月天沒甚麼兩樣。五月，依然祖裡著旺盛的生命力裸奔。豔陽下，不是依然「**在丘陵，以金毛呼吸**」嗎？月夜裡，不是依然「**在曠野，以銀光歌唱**」嗎？五月，旺盛的生命力赤裸地敞開在我眼前。今天，他依然是不眠不休裸奔的童子。這首詩以鮮明的意象，捕捉了五月這生物，在時序運轉中不眠不休裸奔的生命力。

　　詹冰，走出了俳句圖書館，渡海專攻藥學，在東京實驗室精心提煉出他精美的詩質。五月，就是這麼一首在實驗室與現代詩疆土上提煉的產品。

三

　　莫渝，一九四八年出生於苗栗縣竹南鎮。讀台中師專時已開始寫詩。他從事基層員工教育工作，直到一九九八年退休。他曾利用公餘攻讀淡江文理學院法語系，並到法國小城Angers進修一年。他除了譯介法國詩，亦從事新詩研究、譯詩比較。

　　他一首紀念母親的詩〈撿骨〉引來回憶。當年父親靈柩從殯儀館給送往火葬場驚心動魄的火化場面歷歷在目。親屬在毫

無心理防備之下，工作人員以迅雷不及掩耳的速度在大家眼前把棺木推向焚化爐。姑姑們和弟弟撕心裂肺的哭喊在整個火葬場如沸水爆開。大弟沒命地吶喊：「爸爸——爸爸——」火葬場成為他的回音谷，彷彿屍骨會還原地走出來。

> 「不要進去。」
> 太遲了
> 睜著眼看您無感覺的軀體
> 推進熊熊烈火
> 內心悸顫抽搐
> 母親
> 您是否喊痛
> 您的魂魄是否也在忍受熬燒
> 把痛苦昇華為
> 白晰的骨
> 母親
> 我們細心地
> 把憶念您的思緒
> 一塊一塊地
> 放進甕裡
> 永存

劉毓秀，一九五四年生於苗栗縣的女詩人。台大外文系教授，加入了一九九八年成立的女詩人詩社「女鯨詩社」。她對外文系同事吳潛誠英年辭世，深感失之錯臂，生死的撞擊，往往激發詩人最深沉的感情和對生命的省思。她寫下〈哀悼與憂鬱〉。

> 我不能了解我的情緒
> 有時，譬如在路上走著

突然迎面襲來無力的憤怒
而你正孤獨地瞪視那終極的懼怖

我不能了解我的驚慌
生命彷彿突然缺了一個角
透露寒涼的面目
當我很艱難地弄清楚世上再也沒有你

我不能了解我的憂鬱
捉摸不住，像深渺的背景
當空氣中只剩純然安靜的
你的舉手投足，絮絮叨叨

我不能了解我的喪失
二十年完全無所為的情誼
在現實界的邊緣
絕對的剩餘價值，無以量估

四

　　洪志明，一九五六年生於苗栗後龍鎮。長期住台中，從事
基層教育工作，醉心於兒童文學的創作與指導。〈疊衣裳〉現
實與超現實互疊，具魔幻現實色彩。

我要走了
你為我疊衣裳
你一件一件的疊
一件一件的落淚
我抬頭

發現你不見了
到了客地
打開皮箱
你悄然站了起來
我才知道
原來你把自己也疊了進去

　　雖說是「你」一路疊衣，而最後把自己也疊了進去，彷彿是單線的牽掛；但骨子裡卻是描繪詩人一己深深的繫念。
　　李渡愁，一九五九年生於苗栗市。一九八四年國防管理學院會計系畢業，進入聯勤財務署股務。退役後回鄉攝影與寫作。「後現代」浪潮在八十年代青年詩人中投下了好奇、實驗的成果。李渡愁〈致後現代〉一詩，被選入爾雅一九八八年的年度詩選。這首詩彷彿為後現代主義代言、註解。

雲，消逝在風裡。我們的
鏡頭，在遠方的海岬
濤聲站起來
一句一句美麗的發言
憂鬱，是
與悲壯等值之前
最偏遠而寂寞的謊言
猶如，大地
在夜的深處
接住雨水，我的
騰出耳膜，收留
一點點，真情的荒蕪

把美麗
讓給流星

我們來到曙色的河床
聽激流切過斷柱與卵石的聲音
看水花濺起。一些小小的賭注
隨智慧一片片，無心的墜落
我們介入狂歡與垂淚的辯論
像逝去的年代
不嚴謹的結論，在街燈下
流浪，張望
但因為孤獨，我們必需
讓出一張嬰啼的臉龐
蹣跚在歲月小憩過的虛無裡
之於悲壯，我們仍會是
美麗的。

　　後現代主義認為其作品不可以解釋，也無法解釋，是多元而無約定俗成的形式。也因此只能用詩來描繪其不可言說無法言傳的「美麗」吧。美的定義，本來就是眾說紛紜的。你試來香港跑一趟。你學的建築設計，從西環、上環、中環到灣仔，你或可領略到後現代建築群多元的美吧？也許你也來一首〈致後現代〉也說不定。

五

　　苗栗詩人群像，五色繽紛，令人眼花繚亂。透過你的引介，倒讓我認識所謂苗栗，原來是原住民「貓狸」的譯音哩。我重新審視這塊鄉土到底是如何孕育出如吳濁流、林海音、七等生等這些作家群的呢？我看到你在府東路口一家庭園餐廳等著我，要作我引路的天使呢？

燦爛與殞落 作品尺寸：76x100cm

給受死亡驚嚇的女孩

透過隱喻刺入人性的是詩
鎖住生死核心的竟也是詩
它驅走你的夢魘
伴你度過漫長夜
邪惡伴隨死亡張牙舞爪
校園血腥事件令你膽顫心驚
遠方戰役卻令你淚崩
中東衝突從未停歇
那是沒有土地可以選擇死亡的國度
開刀後未縫合的傷口

二十　智慧之鑰

——給受死亡驚嚇的少女

一

　　你就讀於客家山城一家國立大學，修讀建築設計，最近給校園一起謀殺案驚嚇得睡夢難安。一個內向、性格乖僻的男生幫一個漂亮女生搬行李上樓，向對方要手機號碼不果，惱羞之下抽出身上利器，把人捅了十幾刀。你非住校生，亦不免心驚膽顫，對他系搭訕的男生避之惟恐不及。想到表面溫文口袋可能藏刀的變態男生，就打冷顫。

　　邪惡、死亡，近在咫尺，而且同時發生，怎不令你不寒而慄？你對人性、生命有太多存疑。面對心靈的寒夜，我想起剛看過的一首詩：

> 每個人都孤獨地站在
> 地球的中心
> 一線陽光
> 透過他的全身
> 瞬息間
> 夜晚降臨。
> ——夸西摩多（Salvatore Quasimodo, 1901-1968）

二

　　你發覺，詩，往往藉隱喻，刺入人性，並鎖住了生命、死亡核心處。為了你的夢魘，我找來一些詩人伴你度漫漫長夜。

辛波斯卡最後一本詩集

我枕邊有兩本書：南方朔的《給自己一首詩》和楊牧的《疑
神》。是詩人的呼吸，伴著他們走過人生無數心靈的寒夜。

雪萊（P. B. Shelley, 1792-1822）對邪惡深有體會。

> 對於惡魔，我確然可以相信
> 牠既無蹄、無尾，亦無螫刺，
> 也不是，如某些聖賢所宣稱
> 的惡靈，在這在那皆無蹤影，
> 牠一無所在，但萬物皆在於此。

它無聲無影，但我們確知它的存在。

有時惡卻藉惡毒的爭吵彰顯。奧登（W. H. Auden, 1907-1973）如此描繪：

> 邪惡並不壯觀而有如凡人
> 與我們同床也共桌進餐
> 我們每天被介紹認識許多好人……
> 而邪惡走來如無助的情侶
> 必須惹起爭吵並遂其所願
> 雙方都被摧毀在我們的面前

辛波絲卡（ Szymborska, 1923-2012）則大哉問：人與禽獸之別幾希？良知何在？

> 兀鷹不認為自己的所為有何差錯
> 躊躇猶疑並非黑豹的本性
> 食人魚從不懷疑自己的正當
> 響尾蛇肯定本身亦將無所保留。
> 自我批判的豺狼從來即未曾存在
> 蝗蟲、鱷魚、旋毛蟲和牛虻
> 完全照己意而快樂生活。
> 殺人鯨的心臟重達一百公斤
> 但換個角度它卻輕得沒有心靈。
> 沒有甚麼還能比不假自省的心安理得
> 更像是禽獸一般
> 在太陽系裡的這個第三星球。

女詩人指出自我批判從來不是豺狼本性。禽獸不會反省人生。當然，更不會表達對永恆神聖的渴慕。

丁尼生（L .A. Tennyson, 1809-1892）則在他信心枯槁死亡陰影臨近時向永生上帝祈禱，並擲下了這些鏗鏘的句子：

> 請靠近我當我的信仰乾涸
> 只不過淪為晚春的蠅蟲
> 下卵，惡臭並嗡嗡歌唱
> 營造著三尺墳塋並死亡
> 請靠近我當我漸漸凋逝
> 人間爭嚷到了它的終點
> 而在低沉黑暗的生命邊緣
> 永恆之日的微光閃現。

三

約翰‧多恩（John Donne, 1573-1631），英國一位大詩人兼牧師，寫了一首與死亡對質的名詩〈死亡，別狂傲〉。他以靈魂得救的信念為確據，宣告死亡之死：

> 死亡，別狂傲，縱使有人說你
> 強大可怕，你卻並非如此
> 那些人，你以為被你征服
> 卻未死去，可憐的你，你不能將我殺害。
> 從永息與永眠，只有你以為得到
> 更多快樂，還可以淹沒更多
> 我們大多數將迅即隨你而去
> 肉體休止，而靈魂則得救
> 你是命運、機緣、君王、及絕望者的奴婢
> 而毒藥、戰爭、與疾病則讓你棲身

但罌粟或符咒也能使我們安睡
勝過你的打擊；為何你還能自我陶醉？
一次短短的睡眠，我們將永遠醒來
死亡不再；而死亡，你將死去。

這等越過懼怖插天的信心領域，對僅僅懷抱一般宗教情操者而言，簡直不可思議或不可理喻。

詩人楊牧自問：「人真的可以完全不感覺到冥冥間有神存在嗎？」他自圓其說：「我沒有甚麼宗教信仰。沒有宗教信抑也許並不就意味著不信有神的存在，但時常在懷疑著罷了。」他曾多次以為自己接近了某種奧秘的力量：

也許那就是神的顏色，神的聲音，或就是神的懷抱也未可知。有時獨自過山，有時徜徉浩瀚，有時是在雲端飛翔著，有時被無邊的寂靜所含涵，那時心靈震顫，繼則為謙卑，為和平，這樣恐怕就是人們慣說的所謂宗教情操了。

他發覺自己讀聖經總是「隔」，無法專注投入，在於被其文字修辭所吸引的傾向，大大超過了被其教義帶領的可能性。他蓄意找「美學的愉悅」，而非追求「或然啟發的真理」。

或從美學之境躍登信心之嶺，或於無邊的寂靜心靈震顫時刻恍惚醒轉，詩人作了選擇。為何不再往前作進一步的靈魂探險？詩人的解釋是：「沒有宗教信仰比較更知性些，更哲學、悲壯、落拓些！」然而又說讀歌德、聽華格納，實不如秋夜閉門讀舊約「傳道書」。他要我們想像：風過樹杪，喧嘩如海濤，路上再無人語，側聞鐘擺的答聲若無止境，乃獨對斗室一燈讀：

傳道者說：虛空的虛空，虛空的虛空，凡事都是虛空。

又讀：

一代過去，一代又來，地卻永遠長存。日頭出來，日頭落下，急歸所出之地。風向南颳，又向北轉，不住的旋轉，而且返回轉行原道。江河都往海裡流，海卻不滿；江河往何處流，仍歸還何處。

再讀：

已有的事，後必再有；已行的事，後必再行。日光之下無新事。

作者要我們把鏡頭放長來看人生。詩人闢出讀傳道書的悠然之境，令人神往。傳道書是希伯來民族詩歌體智慧文學，有時讀著讀著，真被徜徉於無邊的人世曠野的寂靜所含涵，到底它要人掌握的智慧之鑰在何處？在經歷一切的豐榮和豐榮過後「**虛空的虛空**」，在無邊無際的寂靜中，有甚麼從曠野的石隙中冒生出來迎著雨後的曦光，也許那就叫做智慧吧？

四

你經歷了校園內的血腥事件，鏡頭放大令你觸目驚心；鏡頭放遠，遠方的血腥事件亦令你淚眼模糊。你從短矩中矩長矩看周遭發生的事件，你不得不同意「**已有的事，後必再有；已行的事，後必再行。**」日光之下無新事又怎樣？日子照過，書照讀，詩照寫。

以色列復國後，和巴勒斯坦的衝突從未停歇。達維希（Mahmoud Darwish，1942- ）被稱為巴勒斯坦人的代言詩人，以〈讚美長長的陰影〉著稱：

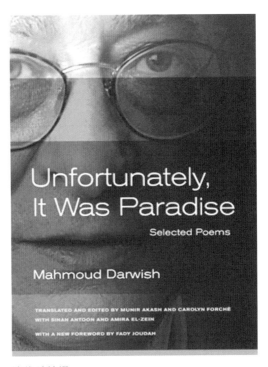

達維希詩選

我的國家是個旅行的睡袋
旅行睡袋是我的國度
既無台階
復無壁牆
我的腳下沒有土地，可以選擇任何死亡
沒有天空
圍繞我的四周
讓我挖洞穴到先知的營帳
我的背靠著牆
一個倒塌了的牆……

我的國家是個旅行的睡袋
我伸直如床
眠於其上
逐愛其上
埋葬我的朋友其上
最後也死於其上。

　　阿密柴（Yehuda Amichai, 1924-　）有「耶路撒冷詩人」之稱。他說過的話幾乎都可以串成詩：

　　耶路撒冷是開刀後未縫合的傷口，它永不痊癒，並感染了各式各樣的病菌，所有醫生都為之束手。耶路撒冷建在由持續哀號為地基的圓拱上。

他筆下的聖城是無望之城。

耶路撒冷尚有何求？它不需市長
只要一個幫派首腦，手中持鞭
來馴服先知，訓練他們快跑
繞成一個圓圈，並命石塊也服從
安排一個豪勇並危險的大結局
但稍後一切都將再次崩塌
只留下鼓掌和戰爭的聲響。

耶路撒冷的血染風采，似乎暫時難以改觀。

五

　　你發現，詩，在歷史長河和大時代裡盛載的重量、份量

是如此驚人！她豈是風花雪月的裝飾品？豈是前衛知識分子的文字遊戲？豈是少年所舉感傷浪漫的旗幟？詩之大用，於今為最。瑞士美國許多超級公司早已在企管學家的鼓勵和安排之下，邀請詩人到公司幹部及員工講習會上演講。帶動工商界讀詩學詩、邀請詩人走上講習會的先驅人物是西雅圖詩人懷特（　David　Whyte　），他認為詩是人們感性的薈萃，喜歡讀詩的幹部會跟部屬有更好的互動，從而讓管理更有效率。工商人士讀詩，會對生命有更深體悟、增加智慧，在職場更能發揮潛力。行之商界為甚麼就不能行之學界？校園流行讀詩學詩，或許會減少很多罪案？

　　「只有詩，能把人們的心靈宇宙連結起來。」懷特說。

　　「詩，趕走了我的夢魘。」你說。

參考書目

南方朔：《給自己一首詩》，台北：大田，2001

楊牧：《疑神》，台北：洪範，1993

旅夢 作品尺寸：59x40cm

給頑皮小子

你跟祖父臭味相投
他是老頑童
他放任你到河邊跟人打水仗
偷摘人家果子卻遭他一頓訓斥
我說要皮也得皮得有模有樣有創意
學學人家湯姆
你果真研究起人家湯姆
那個歷經無數冒險的湯姆
他義勇行徑不只一樁
揭發兇手救酒鬼膽識過人
一艘小船足以圓你探險夢
讓你眼球發亮的是
挖寶
要挖更大的寶藏嗎？
啥呀？
智慧
何處挖？
字裡行間

廿一　童真之鑰

——給闖險犯難的頑皮小子

一

　　你是隔代教養的小子，雙親忙於事業、養家糊口，把你扔給祖父了事。所幸你祖父是老頑童，跟你臭味相投，你不愁寂寞。你聰明，念書卻只求及格；課餘喜歡呼朋喚友到河邊打水仗，還爬樹偷摘了人家果園紅豔欲滴的蓮霧，讓同黨在樹下接應，居然沒給發現。暑期在你家作客，你就給我裝了一小布袋蓮霧。待我知悉你的行徑，蓮霧早已在我肚子裡消化掉了。你喜歡網上遊戲，尤其打巷戰那種，激戰起來機關槍掃射的音響簡直可以震破人的耳膜。你剛升中一，十三歲，不小了。人家猶太人小子十三歲就要行成年禮哩，他們得自個賺生活費。你爸通常讓你打掃家居賺零花。你最受不了悶，要你乖乖坐上一個鐘頭做功課，簡直要你的命！你還愛上一種嗜好：街舞。你爸讓你去學，跳得還真帶勁。你興趣廣學藝不精，參加比賽初選就給刷了下來。你看上一雙名牌球鞋，跟隔壁口袋飽滿一起跳街舞的愣小子借錢，他竟解囊幫你。這事豈能瞞住大人眼目？終於饗以一頓皮鞭。

二

　　我問：「想不想認識跟你一樣皮的小子湯姆？要皮，也要皮得有個樣有創意。」你愣了愣。我揚了揚手裡的《湯姆歷險記》（*The Adventures of Tom Sawyer*），「湯姆是書中主角。一八三〇那個年代美國密西西比河邊小鎮長大的男孩。對了，他也有心目中的小美人哩！」你嘴角掛起了小太陽。我說，小美

《湯姆歷險記》

人名叫蓓姬，湯姆在她面前老愛現，耍寶；翻牆翻筋斗倒立甚麼都肯幹。有一回小倆口因鬧彆扭互不搭理。蓓姬為了偷窺老師放在抽屜裡的書，不小心撕壞了一頁。老師輪番責問，問到蓓姬時她臉色發白，湯姆念頭一閃，跳起來大聲嚷：「是我撕的！」甘願做代罪羔羊，替蓓姬挨老師一頓無情鞭子，當然小倆口前嫌盡釋，他成了蓓姬心目中的小英雄。當晚湯姆甜蜜地入睡，耳裡迴蕩著蓓姬的一句話：「**湯姆，你怎麼這麼了不起啊！**」你當時正跟你祖父鬧彆扭。他一樂起來竟漏了口風，忘了跟你勾過指頭，當眾拿你和你的小美人來開玩笑，你氣了好久，再也不肯跟他說悄悄話哩。

　　湯姆雖是鎮上出了名的頑童，然而義勇行徑不只護美一樁，揭發兇手救了酒鬼一命，更是膽識過人呢！話說一晚湯姆跟野孩子哈克溜到墓園探險，在三株榆樹後目睹一樁兇殺案發生。印第安喬為了報仇捅了醫生一刀，卻把兇器放在醉得不醒人事的拍檔默夫手裡。待默夫醒來，見狀，怎麼也想不起自己做過甚麼，然而證據確鑿，似乎賴不掉哩。默夫哭求印第安喬守密。榆樹後偷窺的二小子可嚇壞了，事後彼此宣誓絕不洩密，誰惹得起印第安喬啊？然而血淋淋的刀子在兇案現場附近找到了，刀子無疑是默夫的。正當默夫在法庭要被宣判之際，湯姆因受不了良心指控，破壞自個兒跟哈克的誓言，終於在眾

目睽睽下出席作證，陳述案發當日情景。印第安喬像閃電一樣衝出重圍，跳出窗外，逃之夭夭。湯姆成為熠熠英雄。長輩寵他，孩子羨慕他。

三

你就像馬克吐溫（Mark Twain, 1835-1910）筆下《湯姆歷險記》裡調皮搗蛋滿腦子鬼點子的主角湯姆。他偷吃姨媽果醬不懂抹嘴，挨鞭子時機靈地閃躲了。他貪玩愛曉課，異母弟弟席德不冒險也不闖禍，卻喜歡背後打他小報告。你，愛做白日夢、不安於常規現狀、耍小聰明，倒沒兄弟捅你背脊。湯姆像你一個影子或一面鏡子。暑假期間，你肯乖乖看完這本小說，讓你雙親祖父嘖嘖稱奇。經典畢竟有它的魅力啊！加上半個多世紀前拍的電影，更讓你神馳於流浪冒險尋寶的美夢裡。

湯姆因打架弄得一身髒兮兮，姨媽罰他周末做苦役：油漆人行道上的整面圍牆。周末一大早陽光明媚，滿山綠野，夢幻而寧靜，令人神往；湯姆的心卻淒涼透了！他終於以從未有過的專注力一本正經地粉刷，津津有味地刷，退幾步品評一番，再東塗塗西抹抹，藝術架子十足，彷彿那是天底下最有趣的創作，然後不動聲色等魚兒上鉤。

第一個男孩竟都被他的神情吸引躍躍一試，湯姆起初還不肯哩，結果第一宗交易做成了。湯姆一旁坐著晃著腿咬著得手的蘋果，對方則賣力地粉刷。刷累了，又有人上鉤，用好的風箏換這份好玩的活。之後有的用繫著繩子的一隻死老鼠換，一個接一個上當，前仆後繼。加上十二顆彈珠一隻破口琴藍色玻璃片捲炮鑰匙粉筆瓶塞小錫兵蝌蚪獨眼貓狗項圈橘皮不一而足。湯姆不費吹灰之力完成差事，還賺得腰包鼓鼓的，他幾乎讓村裡的男生破產哩。虧他居然把這份苦差轉變為村裡孩子爭先恐後參與的樂事盛事。

原來「工作」和「玩耍」的分野繫於一念。今天馬克吐溫出生地佛羅里達的漢尼巴爾村，一年一度少年「粉刷大賽」，不就是脫胎於湯姆的這個惡作劇嗎？湯姆生活的小鎮，也有漢尼巴爾村的縮影哩！

四

　　你雖是主日學老師誇獎的學生，對湯姆層出不窮的「搞怪」事件還是忍俊不禁。譬如他彈出的咬人大黑甲蟲碰上教堂走道上的獅子狗，在牧師講道之際造成的災難可想而知。另一件「惡搞」傑作，則是領著「海盜」幫出席全村替他們舉辦的喪禮。這三人幫，除了「西班牙黑衣復仇大盜」湯姆，就是野孩子「血腥手」哈克，死黨「海上魔王」喬。

　　當湯姆做出悲壯的決定要浪跡天涯之際，心裡是委屈的，不禁啜泣起來。他自覺是被棄的男孩，煞有介事揮淚告別這讓他覺得冷酷無情之地。作者寫這一幕很有《唐吉訶德》的況味。唐吉訶德幻想自己是武士，湯姆則幻想自己是海盜。喬原打算到遠方找個山洞住下來當隱士，最後還是同意當海盜比較精彩。後來哈克加入。話說三人幫約定夜半走險各自帶了食物鐵鉤繩索，乘河岸荒地的小木筏出發。結果木筏在一個沙洲上擱淺。海盜兄弟涉水兩百碼前往傑克島，露天而眠。次日在荒島上釣魚燒烤野宴探險游泳。晚上都帶著不安的良心入睡。湯姆忍不住歷險：偷偷涉水游泳攀上末班渡輪溜回家，聽到大人互相哭訴自責對孩子過於嚴苛。由於木筏被發現在下遊河岸，推斷孩子們是溺斃了。翌晨湯姆回到沙洲，早餐大家挖烏龜蛋吃，然後打水仗玩彈珠。

　　扮完海盜扮印第安酋長。你發覺從前的小孩在森林沙州玩的比你網上玩的虛擬遊戲精彩。你羨慕他們在島上還親歷可怕的雷電交加暴風雨之夜。星期六鎮上一片沉寂，籠罩著悲戚。

星期天早上主日學結束後，教堂敲了喪鐘，喪禮開始。牧師生動地描述死者生前動人的小故事，忍不住同喪家一同悲泣。教堂門打開了，湯姆在走道上一步步領著海盜兄弟歸來出席自個兒葬禮來了，像君王統軍凱旋而歸。之後震撼動人的場面不用我細說了。這是湯姆此生最光榮的時刻啊！

馬克吐溫在此盡情發揮他詼諧幽默本事，連你都喀喀喀笑個不休。你羨慕湯姆那個時代，整個村子整個島嶼整片森林沙洲都成為他的遊戲場。我說那個時代對這個充滿創意的天才孩子也有很多束縛，拿他沒法子，他要越界。湯姆人生的全盛時期還未過去，好戲在後頭哩！你福至心靈，眼睛發亮嚷道：「尋寶！」我笑而不語，你這才跑去抱起厚厚的未經刪節改寫的《湯姆歷險記》完整版尋寶去，開始享受閱讀的樂和趣。如果你的尋寶熱未退，勸你繼續翻《天方夜譚》、《基度山恩仇記》，你會茶飯不思，非得讀完不可。敢說馬克吐溫少年時期若非迷《天方夜譚》、《基度山恩仇記》、《湯姆歷險記》不會描摹得如此具傳奇色彩。湯姆也是在山洞裡挖到寶藏的啊。

五

一個長得健全的男孩，一生當中總有一段時期，會熱切渴望去個甚麼地方挖掘寶藏。

馬克吐溫在第二十六章一開頭斬釘截鐵道。直到第三十六章，他足足用小說四分之一篇幅寫尋寶歷程。原來他年少時期像發燒一樣，也有過狂熱的掘寶夢。他未受過完整教育，除了當過排版工人、領航員、新聞記者，美國南北戰爭期間還真加入過淘金行列哩！不論如何，在他筆下有一天尋寶的渴望突然在湯姆身上起了反應，就像此刻在你身上也起了反應一樣。他撞見了哈克，兩個活寶貝一道尋寶去了。哈克是無人照料沒書

《乞丐王子》

念的野孩子，穿著破衣到處浪蕩，愛睡糖桶。馬克吐溫四十一歲出版《湯姆歷險記》，五十歲出版續集《哈克貝利歷險記》。湯姆的冒險富奇幻色彩，哈克的冒險發生在現實世界。前者從冒險找樂子，後者的冒險是加諸的災難。一個是具領袖才幹不安份的冒險家，一個是野性具堅韌生命力、內省憂鬱的流浪兒。湯姆、哈克，揭示了馬克吐溫陽光的一面和灰暗的一面。

下回跟你和湯姆尋寶去。也要引薦你認識認識史蒂文生（R. L. Stevenson, 1850-1894）《金銀島》（ *Treasure Island* ）的吉姆，他擁有尋寶的地圖哩。此外還有大仲馬《基度山恩仇記》裡的愛德蒙，他逃出囚牢後是怎麼尋到寶的？

大概每個人心房裡都有陰晴這兩面窗吧？我寧願你像湯姆，快快樂樂長大。寧可稱呼你「陽光小子」、「頑皮小子」，也不願給你取「憂鬱小生」的外號啊！

參考書目

馬克吐溫：《湯姆歷險記》，楊琇閔譯，台北：寂天文化，2003。

馬克吐溫：《哈克貝利歷險記》，張友松譯，台北：新潮社，2003。

掘寶 作品尺寸：30x40cm

給陽光小子

你跟同伴比手劃腳
自己成了一部卡通
表情動作十足
你講故事上了癮
湯姆帶著哈克尋寶挖寶
艱難危險
可也完成了使命
講完湯姆講吉姆
他懷著藏寶圖
登上尋寶船
駛往金銀島
周旋於海盜之間
哇嗚巧智勇力兼備
善惡鬥爭生死一線
你一點一點在字裡行間
挖掘另類寶藏
祝福你
陽光小子

廿二　寶藏之鑰

——給踏險破陣的陽光小子

一

　　你一踏上了尋寶的旅程，可真一發不可收拾。看了《湯姆歷險記》、《金銀島》舊片，再追《奪寶奇兵》、《國家寶藏》，影像聲色營造的懸疑、身歷其境的驚險氛圍，果然比文字閱讀還吸引你的眼球和注意。所幸你讀了《湯姆歷險記》食髓知味，知道文字鞭辟入裡的勁道、心理透析的深度、細節的描摹，非影片可比。文字與影像的不同媒介、功能，你似乎心領神會哩。

　　影片看了，小說都讀了，你開始興致勃勃跟同伴比手劃腳。你自己成了一部卡通，噴口水不說，兼且表情動作十足。圖書館各種版本的《湯姆歷險記》、《金銀島》給搜借一空。我簡直不知道，你將來會給塑造成話劇演員還是行銷能手？

二

　　話說湯姆和哈克無意間目睹一樁兇殺案，二人因害怕而收藏起這檔秘密。關鍵時刻湯姆奮勇出庭作證：揭發印第安喬才是真兇。他如何乘同伴波特醉得不省人事之際把刀栽贓到他手裡。印第安喬當場衝出法庭逃之夭夭。而湯姆成為鎮上熠熠英雄。接下去小說第廿六章描述湯姆又靜極思動發「掘寶」夢。他找上了哈克。你發現挖寶故事更有市場，圍著你的同伴個個目不轉睛凝神諦聽。

　　你說，兩個小子在小河對岸山上枯樹下夜半挖寶挖了個空，卻死心不息。這回他們打算在相傳荒廢的鬼屋歷險。兩人爬上了樓梯，竟聽到有人來了！他們趴在地板上，膽顫心驚地從洞孔朝下看，是兩個人。其中一個是鎮上出現過的又老又聾

又啞的西班牙人：墨西哥帽子下垂著白色長髮，戴著綠色眼罩。他一開口說話，兩個小孩大吃一驚！原來他就是喬裝了的印第安喬。二賊商量一項「危險」工作，並計劃逃亡，之後卻睏了打起呼來。醒後，一個移走壁爐後壁一塊石頭，拿出一袋叮噹響的袋子，那是他們剩下的油水，共六百五十枚銀幣。喬則用獵刀挖洞，結果挖穿了一個箱子，一抓，裡面全是金幣！原來傳說是真的。「嘩！」你的同伴跟躲在樓上的湯姆與哈克一樣興奮。盜賊兩人終於齊力挖出滿滿一鐵箱子的寶！「後來呢？」「後來他們商量再做一單劫案，為報仇。寶箱暫且移往二號，十字底下。」「哇，二號，十字底下，又是甚麼意思？」「藏寶的暗號。」「再後來呢？」「後來嘛……」你賣起關子，「明天下回分解。」你跑開，伙伴呼嘯著追著你打。

　　講故事會上癮的，這麼有趣的事你豈肯輕易放手？次日你繪聲繪影描述二賊挪走寶箱後，湯姆哈克當晚都在睡夢中不是挖到寶就是被戴獨眼罩的喬追著。兩人見面，都猜不透「二號」甚麼意思。旅館房間號碼？幾天後一晚，湯姆果真溜到鎮上旅館二號房間，哈克在巷口負責站崗。二號房門沒鎖，湯姆看到喬醉倒地上睡得很沉。嚇都嚇死了，沒命地跑啊跑的。「後來呢？」「後來寶藏的事變得不重要了。」「為甚麼？」「薩其爾法官一家人回到鎮上了，湯姆跑去找蓓姬，一道跟同伴玩偵探和衝關遊戲。」你意氣風發，好像你就是湯姆現身說法。隔天蓓姬要辦野餐大會，村裡小孩都接到請帖。湯姆興奮得睡不著。星期六大家登上了租來的蒸氣渡輪，南駛三哩後泊在山谷口。上岸後大伙玩得滿身大汗，餓了就吃起每個人籃裡的東西，吃完了有人號召往山洞裡探險。沒有人不想去。麥克道格拉斯洞可是個大迷宮啊，大迷宮還套小迷宮，沒有一個迷宮有盡頭。雖然如此，大家七零八落地都能回到洞口，好不盡興。渡輪的鈴響了，召喚他們上船。「尋寶的事怎麼了？」大家對枝節的事似乎興趣不大。你說，關鍵就在山洞啊，豈能漏掉野餐的情節。原來你看了那麼些尋寶片子，讀了些尋寶故事，倒看出了些端倪；陸地寶藏跟洞穴或島嶼息息相關，海底

寶藏多半跟海難沉船、地震陷落的古城有關。好小子，繼續用你掘寶精神去閱讀，你一生挖掘的會是你意想不到的另類寶藏；智慧。她是絕世美人，就藏在典籍字裡行間，你得遁著謎語比喻不捨地追去，尋尋覓覓，停停想想，方能於不經意間得她琢磨拋擲出來的幾粒珠玉啊！

三

　　你繼續帶同伴覓尋寶藏下落。你用緊張的語調說，原來野餐大會後每個人都回了家，就是蓓姬和湯姆下落不明。這可得了？教堂鐘聲急切敲了起來，全鎮人總動員。大家架好馬鞍，備好小艇，渡輪啟程。兩百個大男人順著街道或河流往山洞跑去。一群女人圍著蓓姬媽媽和湯姆的姨媽，哭成一團。三天三夜搜索落了空。「到底湯姆蓓姬在哪個空間失蹤的？」我插了嘴，小說作者馬克吐溫故弄玄虛不提，好讓讀者一路提心吊膽哪！而你，親愛的陽光小子，也因為這場懸疑驚悚，倒是把你講故事的潛質盡情挖掘發揮出來了啊！

　　在全鎮的人都疲憊絕望之際，馬克吐溫在卅二章這才補上野餐當天的情節。原來湯姆血液裡面不安份的冒險因子在作遂。他帶蓓姬探險，迷宮裡的天然台階、花邊瀑布、石窟上垂掛的大小鐘乳石，都讓他們驚嘆。當洞底深處石窟上的無數蝙蝠朝他們的蠟燭撲過來之際，他們才沒命地逃。由於湯姆沒留下任何記號，找不到原來的路了。蓓姬哭了，哭累了睡。她醒來後，湯姆囑咐輕聲走路好聽聽哪裡有泉水，找到之後，二人分吃蛋糕，喝足了冷泉水。他們的蠟燭最後也滅了，兩人昏睡了很久。他們聽到遠方有喊聲，就回了一聲，並朝聲音方向走去，可他們碰到摸不到底的坑窪，跨不過去。他們等搜救的人來，可是喊叫聲愈來愈遠。

　　你發現所有故事的尋寶旅程從來就不容易，總要歷經千辛萬苦，百般艱難危險，才能完成使命。相較之下，湯姆的歷險似乎有點小巫見大巫哩。《金銀島》的少年吉姆，原懷著寶藏

圖登上充滿希望和夢想的尋寶船，駛往傳說中的金銀島，豈知船上水手搞叛變。他若非有巧智勇力，豈能周旋於海盜之間，戰勝海上大風大浪，躲過那些心狠手辣詭計多端的大盜並營救伙伴？找到金銀島寶藏不說，還偷運上船揚帆而去啊。

《基度山恩仇記》（*Le Comte de Monte-Cristo*）裡的愛德蒙，在死囚室跟夢想逃亡挖錯地道方向同樣受冤獄的師傅，學了天文地理各樣人文科學不說，還傳承了幾百年來一個貴族的藏寶圖。地勢方位記號牢記後毀字滅跡。師徒間有情有義。恩師氣絕之際，他傷心還來不及，就得以狸貓換太子的智謀把師傅從裹屍袋拖出來，自己爬進去。當他給拋向懸崖下的大海，還得奮力用藏身的小刀割開麻袋。他後來給走私船救起，至於如何在荒涼的基度山島覓獲寶藏，又如何成為傳奇的基度山伯爵並暗裡進行報恩復仇的大計？這些過程少些智謀魄力韌性都不行哩。

四

不錯，曲折離奇善惡鬥爭生死一線，確是尋寶不可或缺的旅程和情節。史匹堡三十多年前拍的《奪寶奇兵》高潮一幕：男主角最後在洞窟地震陷落千鈞一髮之際，一手懸於萬丈深淵邊緣，一手欲抓住咫尺可獲的聖餐金杯，生死一瞬，他選擇保命。大家剛來得及逃出洞窟，騎馬奔命，立即山崩地裂，一切都掩埋於地底深處。

話說回頭，聰明的湯姆從口袋拿出一條風箏線，綁在一塊突出的岩石上，他先走在前頭找路，走著走著，一隻拿著蠟燭的手從石頭後面伸出來，湯姆大叫，而出現的竟是印第安喬！對方拔腿就跑。他走回去忍著不告訴蓓姬，兩人又睡了長長的一覺。

醒來湯姆綁好風箏線自個出發再找路。馬克吐溫又刻意

略去一些情節暫且不表，第卅三章描繪星期二夜半時分，村裡鐘聲大響，原來湯姆蓓姬回來了，敞篷馬車上坐著兩個孩子，接受人們的歡呼。湯姆又做了一回英雄。他添油加醋描繪那幾天的歷險，又如何最後關頭在第三條甬道瞥見一點陽光，然後在洞口看見了奔流的密西西比河。他們鑽出小洞時，有人划船經過，他們因而獲救。兩個星期後法官告訴湯姆，以後洞窟不會再有人迷路了。「為甚麼？」「因為兩星期前我找人裝了鐵門，加了三道鎖。」湯姆臉色慘白：「啊，印第安喬在山洞裡啊！」當山洞門給打開時，印第安喬四肢伸直死了。原來湯姆自個兒在山洞迷宮找路時，發現寶藏暗號：「二號，在十字底下」竟在洞穴裡。就在他碰上喬出現的大石頭上，有十字煙燻的記號。後來湯姆帶哈克來掘寶，把金幣裝滿兩個袋子，划著小艇離去，藏在收養哈克的寡婦家柴房閣樓上。

道格拉斯寡婦為收養哈克，高調舉行慶祝儀式，湯姆趁機當眾「秀」出他和哈克覓得的寶藏！兩人成為村中名人，村裡一時所有「鬼屋」都被人拆了，地板地基都給挖了！

許多人興奮得幾乎神智不清了。

五

掘寶高漲的情緒復歸平靜，你開始安靜做功課。遊戲機打累了，你還是會找小說看。暑期過後你升中二，甚至你父親都因你乖巧了，特別用周末時間陪你爬山，還逛書店。你一點一滴在字裡行間尋覓另類寶藏。祝福你，陽光小子。

參考書目：

馬克吐溫：《湯姆歷險記》，台北：寂天文化 2003

史帝文生：《金銀島》，合北：崇文館 2002

阡陌系列01

文學教室

作　　者：黎海華
責任編輯：黎漢傑
設計排版：何小貞
法律顧問：陳煦堂 律師

出　　版：初文出版社有限公司
電　　郵：manuscriptpublish@gmail.com

印　　刷：陽光印刷製本廠

發　　行：香港聯合書刊物流有限公司
　　　　　香港新界荃灣德士古道220-248號
　　　　　荃灣工業中心16樓
　　　　　電話： (852) 2150-2100 傳真 ： (852) 2407-3062

臺灣總經銷：貿騰發賣股份有限公司
電話：886-2-82275988 傳真：886-2-82275989
網址：www.namode.com

新加坡總經銷：新文潮出版社私人有限公司
地址：71 Geylang Lorong 23, WPS618 (Level 6), Singapore 388386
電話：（+65）8896 1946 電郵：contact@trendlitstore.com

版　　次：2022年6月初版
國際書號：978-988-76253-2-2
定　　價：港幣98元　新臺幣300元

Published and printed in Hong Kong

香港印刷及出版

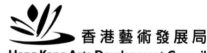

香港藝術發展局
Hong Kong Arts Development Council 資助
香港藝術發展展局全力支持藝術表達自由，
本計劃內容並不反映本局意見。